都市傳說體驗館 **3**
URBAN HUNT

生存之處

點子出版
IDEA PUBLICATION

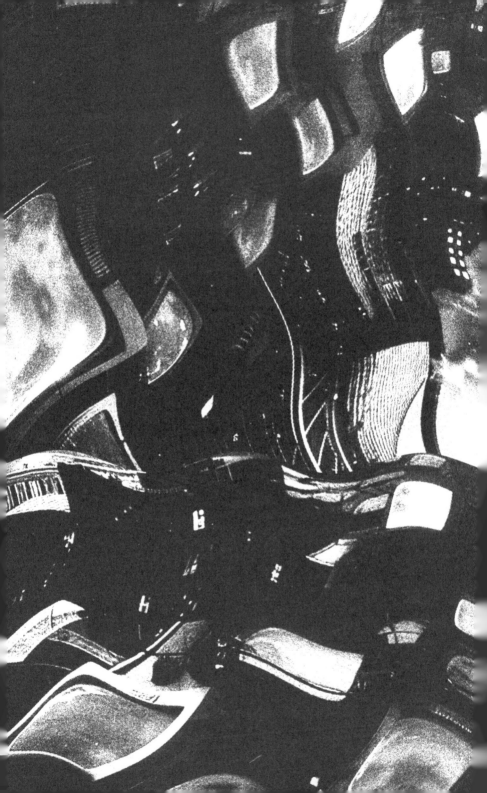

前情提要

都市傳説體驗館重新開放後，危險的參加者陸續出現：戰無不勝的新界鄉紳、樂壇世一女歌手，以及崇拜 Diana 的瘋狂教會……

在『林士站』的都市傳説中，子晴突然出現原因不明的頭痛。遊戲由陸金和陳牧師勝出，瓜分了五千分的獎勵。

在『費城實驗』的都市傳説中，子晴意外發現了參加者 Leslie 的真正身份，最終他放棄了贏得機會，將分數讓給 Leslie。

最後，有人向 Diana 許願，將一個本已經死在遊戲中的人再次帶回現世……

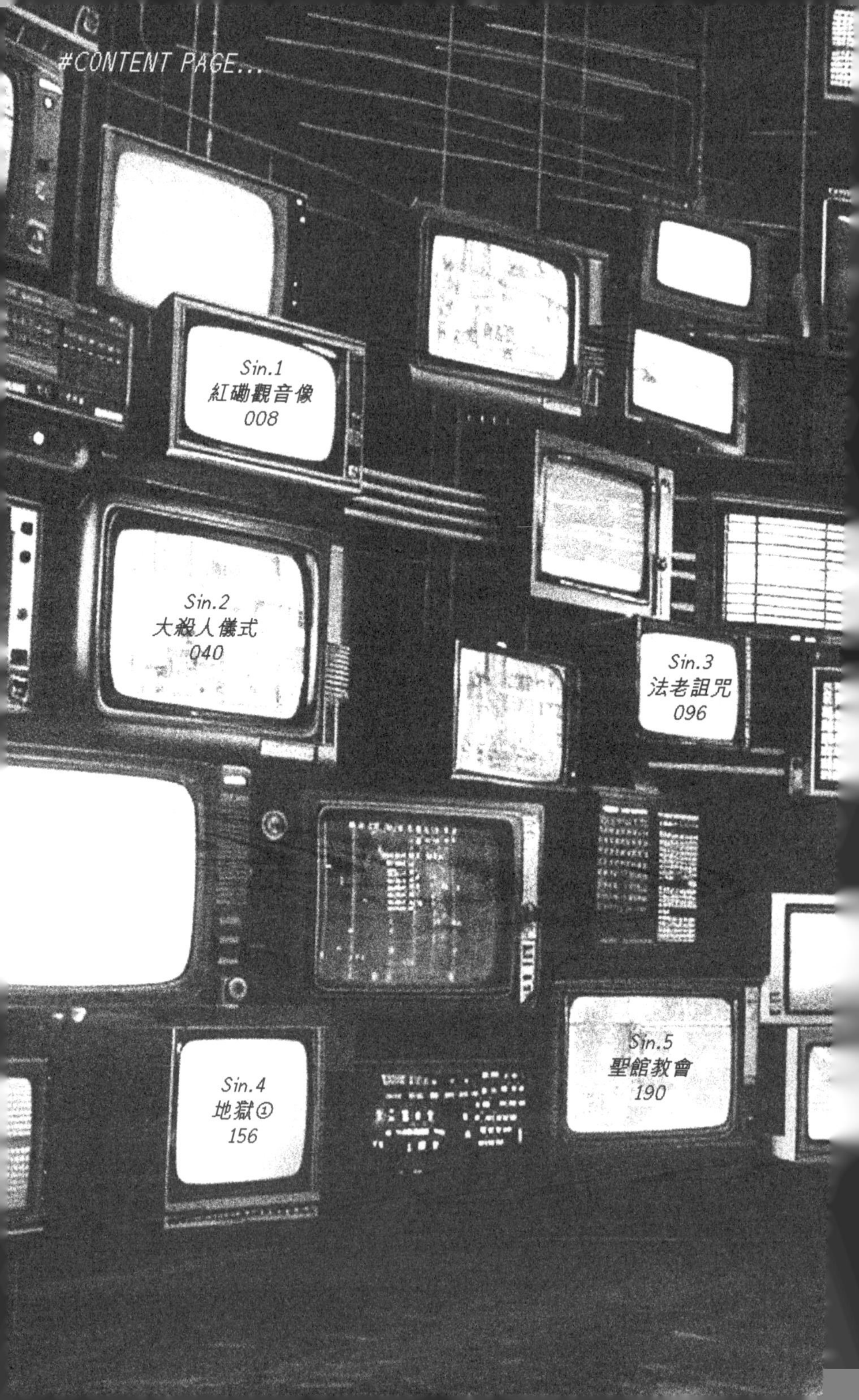

#CONTENT PAGE...

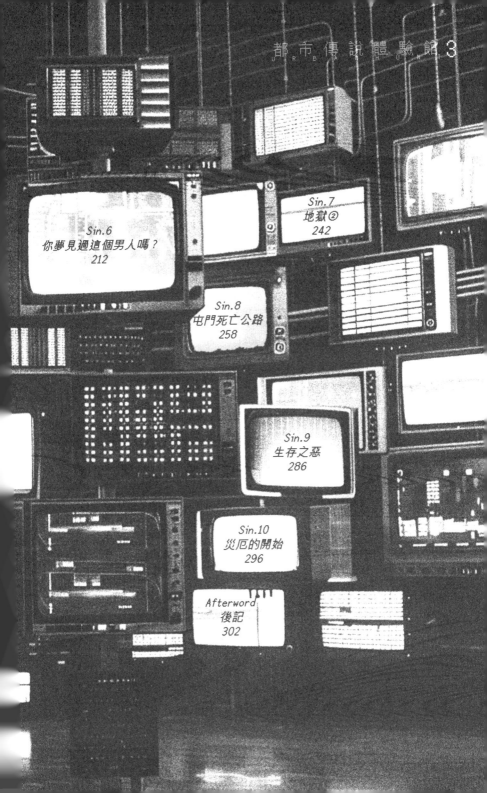

都市傳說體驗館3

#Sin.1 紅磡觀音像

傳説，這座坐落紅磡的觀音廟，是為了驅除邪祟而建的。

在建廟之前，紅磡只是一片爛地，周圍只住了一些農民。

清朝年間，有農民打算開墾這塊地，他們才剛挖掘，地底竟湧出大量鮮紅的液體，就如血水一樣。

於是在高僧的指點下，人們在那上方建了一座觀音廟，以其堵住那血水之源，而這個地方也因此得名——「紅磡」。

時至今日，仍然無人能解開這裡湧出血水之謎，而在口耳相傳下，這段駭人異聞也慢慢變成了都市傳説。

在眾多流傳的版本中，有那麼一個説法，彷彿受到血水邪物的污染，觀音廟內的觀音像有時竟會雙目流淚，那淚水殷紅如血，觸目驚心……

雨色朦朧，一座廟宇在血色中若隱若現！

一群人聚集在廟門前，神情緊張地等待著甚麼。

是等待著遊戲的開始，還是等待著「一鋪翻本」的機會。

他們是前來參加「都市傳說體驗」的玩家，一個看似以恐怖招徠的密室逃脫遊戲，據說只要通過重重試煉，就能實現自己一切的願望，無論是夢想、金錢，還是失去的愛情。

但沒有人知道，這個遊戲背後，有人失去了理智，有人失去了生命，還有人，失去了靈魂。

即便知道了，仍有無數人前赴後繼，被自身的慾望執念驅使，心甘情願踏入地獄。

人群中，一個瘦弱的青年東張西望，顯得格格不入。

他叫阿文，是一個普通的上班族，為了讓前女友回到他身邊，鋌而走險參加了這個遊戲。

「都市傳說體驗即將開始，請各位參加者做好準備。」一道空靈的女聲忽然響起。

廟門應聲而開，眾人魚貫而入。阿文猶豫了一下，硬著頭皮跟了上去。

但出乎意料的是，他並沒有跟隨大隊進入主殿，而是被一股莫名的力量拉扯，不由自主地走向了一旁的偏房。

房間十分陰森，角落裡甚至有一口破舊的枯井。

「咦，點解會咁？」阿文環顧四周，發現房門不知何時已經消失不見，自己竟被困在了這個詭異的房間裡。

「放我出去！」他拼命拍打著牆壁，卻感覺周圍的空間正在慢慢縮小，如同一個壓迫感十足的棺材。

就在這時，枯井中傳出了「咕嚕咕嚕」的聲響，腥紅的液體從井口噴湧而出。

「血、血水？！」阿文瞪大了眼睛，血水瞬間已經浸過了他的小腿，正在慢慢向上蔓延。

「救命呀！邊個救下我！」

阿文歇斯底裡地哭喊，聲嘶力竭地捶打牆壁。但無論他如何叫喊，狹小的房間內只有他自己的回音。

沒有人聽見，也沒有人會來救他。

「媽，對唔住，我唔應該參加遊戲……」

阿文絕望地閉上了眼睛，任由血水沒過他的胸口、脖頸，最

後吞沒了他的整張臉。

「嗚……嗚嗚……」

微弱的嗚咽聲很快消失無蹤，一切又重歸死寂。

房間內的血水詭異地消失了，彷彿從未出現過，只有地上還殘留著一攤暗紅，昭示著這裡曾經發生過的「過關失敗例子」。

阿文的存在，就這樣悄無聲息地被抹去了。

而在另一邊廂的觀音殿內，真正的惡夢，才剛剛拉開帷幕……

廟門額前掛著兩盞紅燈籠，火光閃爍，隨風搖曳。

一個戴著粗金鏈的禿頭男人走在最前面，一手推開了廟門。

吱嘎——

刺耳悠長的聲音在雨夜中迴盪，一道空靈的女聲忽然響起：「都市傳說體驗即將開始，請各位參加者做好準備。」

「轟隆——」一聲巨響，夜空閃過一抹亮光，照亮了主殿上空的巨大觀音像。

它雙眼微闔，像是在憐憫世人，雙眼卻不斷流下血淚。

「慈悲無用，只有痛苦永恆……」

「唔係玩咁大嘛？」陸金連退幾步，仰頭在血雨中望向觀音像，「呢個真係觀音嚟㗎㗎？」

「加油，我心靈上支持你。」女歌手 Kanna 朝著陸金微微一笑，露出招牌式的藝人笑容。

光芒隱去，陸金的注意力全部轉移在了觀音像上，甚至想不起來剛剛和自己說話的女人是誰。

「嗰個女歌手，好似可以隨便改變人哋嘅注意力。」Ace 不知甚麼時候走到子晴身邊，低聲提醒道：「嗰個新界佬多數畀佢推出去擋、做炮灰。」

「觀音像太大隻，我哋去高啲嘅地方。」子晴指了指一旁的老舊唐樓，和同伴悄無聲息地退到了其他人的最後。

在主殿前的空地上，其他都市傳說參加者已經做好了準備，

有幾個不怕死的甚至對著觀音像開了幾槍。

　　每一聲槍響都像是在這肅殺的夜裡投下石子，激起一圈又一圈不安的漣漪。

　　「色不異空，空不異色，色即是苦，苦即是我……」

　　隨著呢喃聲響起，觀音像用手撕扯自己的臉，曾經慈悲的面容如今被血水染成猩紅，那雙原本溫柔的眼眸只剩下兩個血洞。

　　突然間，無數石塊從觀音像身上掉落，密密麻麻的手臂從身體各處猙獰地爆出，轉眼間，觀音像已經變成了一個千手怪物，表面佈滿了蠕動的手臂，每一隻都在瘋狂地揮舞著。

　　分明是石像，那些手臂卻柔軟得不可思議，扭曲著朝人們甩來。

　　「喂！菩薩慈悲為懷，唔准殺生㗎喎？」陸金怒罵一聲，側身躲開巨掌落下的陰影。

　　有幾個躲避不及的人，當場被觀音像的怪手拍成了肉醬，鮮血和肉泥四下飛濺，躲在角落裡的 Kanna 被這一幕嚇呆，驚恐的伸手抹去臉上溫熱的鮮血，死亡的氣息將所有人籠罩其中。

就在所有人都忙著自保時，背後忽然傳出一聲怒吼：「讓開！讓開！」

只見一個戴著鴨嘴帽的男人驚恐萬分地從人群中擠了出來，他臉色慘白，褲襠濕了一片，顯然已經被眼前的景象嚇得失去了控制。鴨嘴帽男人顧不得其他，連滾帶爬跑出了廟。

鴨嘴帽男人回頭一看，竟發現觀音像開始緩緩地從廟裡飄了出來，速度雖然不快，但那詭異的身姿足以令在場所有人心寒。

鴨嘴帽男人頓時感到毛骨悚然，拼了命地往前跑，但觀音像的速度比他想像的要快得多。

最終，觀音像降落在鴨嘴帽男人的背上，瞬間將他的身體壓扁。鮮血從觀音像底部溢出，染紅了一大片馬路。

在不遠處的唐樓天台上，子晴等人目瞪口呆地看著這一幕，過了好一會兒才回過神來。

「快！」帶頭的子晴急喊道。

Ace敏銳地察覺到一絲危險，大喊一聲：「小心！」他迅速伸手向子晴的後背，用力一拉。

　　子晴只覺得眼前一花，整個人被 Ace 拉著向後瞬移幾米。他定睛一看，發現原本站的地方已經出現了一個巨大的爪痕，深達天台鋼筋。

　　「好險。」Ace 鬆開子晴的後衫領，呼出了一口氣。

　　「又係呢班人。」Rose 蹙眉看著附近的天台，上面走出一個又一個黑色人影，將子晴一行人團團包圍。

　　「一星期無見，睇嚟咁多位別來無恙。」一位老者的身影在子晴身前出現。

　　在這個遊戲裡，真正的敵人或許不是那些都市傳說，而是其他參加者。

　　貪婪、恐懼、嫉妒，遊戲把人性的黑暗面無限放大。為了活下去，人可以變得比怪物更可怕。

　　「陳牧師，你哋真係好煩。」子晴身上的刺青若隱若現，「每次遊戲你都要走出嚟阻頭阻勢。」

　　陳牧師身穿黑色長袍，袍上繡著奇怪的圖騰。他身後的信徒們也都穿著類似的服裝。

「只要你哋願意歸順我『聖館教會』，我以『聖館』大人名義保證，我以後都唔會再煩住你哋。」陳牧師微微一笑，「我睇中你嘅力量，只要你願意為『聖館』奉獻一切……」

「睇嚟你都病得幾嚴重下。」子晴像是漫不經心地拉開了衫領，低頭看了看胸口上淺淺的血痕。

如果不是剛剛 Ace 拉開了他，自己恐怕真的會死在陳牧師手下。

「我到底邊度得罪你，你點解係都要殺死我？」子晴質問道，語氣中帶著一絲不可置信，「就算扣分都冇所謂？」

在都市傳說體驗館中殺害其他參加者會被扣除寶貴的分數，這點陳牧師分明知道。

陳牧師聞言，臉色一沉，冷冷地說：「為咗實現至高無上嘅 Diana 旨意，呢啲分數根本微不足道。」

「既然你執迷不悟，唔肯聽我好言教誨，咁我唯有以『聖館』嘅名義，將你肅清！」

陳牧師面色陰狠起來。

子晴敏銳地察覺到了他身上氣息的變化，側頭看了一眼大寶。

大寶意會，點了點頭。

子晴回頭看向陳牧師，身上的刺青顏色猛地加重，有些甚至攀爬上了臉。

「聖恩浩蕩，賜畀你咁美妙嘅力量……但你呢個不配之人，竟然都擁有 Diana 嘅力量。」

陳牧師看著子晴身上的刺青，眼裡閃過一抹妒忌，冷笑一聲，裸露在袍外的皮膚也迅速浮現出和子晴幾乎相同的刺青，陰沉沉的看向子晴：「不過，主嘅安排自有佢嘅深意。」

子晴看著陳牧師身上的刺青，心裡十分震驚。

陳牧師為甚麼也有 Diana 的力量？

但眼下的情況容不得他思考，絲絲縷縷的黑暗冗戾之氣從地面升起，突然間，子晴身形一閃，迅速拉開了與陳牧師的距離。

陳牧師如影隨上，嘲諷道：「果然係廢物，淨係識逃避，Diana 嘅力量畀你咁用簡直係侮辱。」

在半空中，子晴繚繞的黑霧像蠶繭一樣細細密密地包住自己，陳牧師雖然有些奇怪子晴的舉動，但在他看來這是子晴懦弱畏戰的表現，不由得輕蔑一笑。

突然，空氣中炸裂開三聲槍響！

眾人還在尋找槍聲來源之際，三枚子彈以極快的速度穿透空氣，朝著陳牧師飛去。

「區區幾粒子彈就想殺我？子晴，你搞清楚狀況未！」

「未搞清狀況嘅係你。」子晴淡淡道。

就在子彈接觸到陳牧師手臂的瞬間，尖銳的爆破聲和衝擊波從兩人中間擴散開。

轟隆——

巨大的聲響中，陳牧師被爆炸產生的能量掀飛，重重地摔在了另一處天台上，狼狽落地。

「咳咳……」灰塵和碎石紛飛，陳牧師從地上爬起，瞇眼看向被黑霧保護著，安全無恙著地的子晴，對著自己手下的信徒們厲聲吩咐，「同我肅清佢哋！」

陳牧師一聲令下，信徒們紛紛動身，直衝子晴和他的同伴而去。

子晴無心戀戰，也不願繼續和陳牧師糾纏，落地後馬上轉身朝著觀音像的方向而去。

信徒們雖然人多勢眾，但在子晴面前還是徒勞無功，甚至連讓子晴停下來都做不到。

「成班廢物，爛泥扶唔上壁！連個人都攔唔住！」陳牧師迅速調整好狀態，怒氣衝衝地朝子晴的方向追去。

剛追沒幾步，一條蔓藤悄無聲息地從暗處爬了出來，精準地纏住了陳牧師的腳腕。

「咩……」陳牧師還沒反應過來，這根細小的蔓藤忽然迅速收緊爆發出驚人的力量，將他整個人從地上提起甩了出去。

一棟舊唐樓應聲倒塌，煙塵彌漫，身形高大肥胖、像一頭熊的男人，手裡卻抱著一個花盆。

「我唔會畀你殺死子晴。」大寶慢慢開口，手裡花盆的蔓藤像是活了一般，向陳牧師爬了過去。

「你同子晴一樣，一樣都係不知天高地厚嘅愚昧之徒……」陳牧師一把抓住想要覆上他的蔓藤，冷笑出聲，「我一再畀機會你哋，既然你哋始終唔肯珍惜……」

陳牧師腳下的地面突然浮現出一個詭異的法陣，血色光芒閃爍，照亮了他扭曲的面容。

「咁我就等你知道咩叫真正嘅恐怖！」

有大寶拖住陳牧師的腳步，子晴飛快地朝著觀音像的方向衝去。

就在剛剛他和陳牧師對峙的短短數分鐘，已經有十多個參加者慘死在觀音像手下，被活生生拍成了肉泥。

「殺！」

背後忽然傳出一聲冷哼，一個人影從旁邊的大廈裡竄了出來，攔在了子晴面前。

月光下，他那覆蓋住半邊臉的眼罩格外引人注目。

「獨眼龍？」子晴很快認出了眼前這個戴著眼罩的獨眼男人。

子晴第一次見到他還是在『達德學校』那一次的都市傳說中，兩個人也沒怎樣交流過，後來子晴也沒再見過他，子晴還以為他已經死在遊戲裡了。

「你又要嚟阻住我？」子晴臉色不太好，他已經被陳牧師拖延了太久時間，「行開，唔好阻住我！」

阿龍像是沒聽見他的話一樣，握緊拳頭就衝了上來。

「呼⋯⋯呼⋯⋯Kanna BB，你到底喺邊呀？」

陸金看著近在咫尺的觀音像，他的腦海中浮現出一個單方面的幻想：就是 Kanna 目睹他擊敗觀音的英姿後，會心甘情願地臣服於他。這個想法讓他心潮澎湃，毫不猶豫地折斷了自己的食指，用盡全力將右臂狠狠擊出！

觀音像的胸口霎時間出現了一個大窟窿，像是被甚麼巨大的手臂擊穿一樣。

雖然被折斷的手指恢復過程十分痛苦，但只要能勝出這次的都市傳說體驗，贏得 Kanna 的愛慕，「猿猴之手」的代價似乎也算不了甚麼。

陸金看著觀音像龐大的身軀從半空墜落，臉上揚起一個囂張

的笑容，回頭去找 Kanna 炫耀：「Kanna BB，你見唔見到呀⋯⋯ Kanna BB ！」

「陸金！你到底喺度做咩！」

回應他的卻不是 Kanna 的稱讚，而是錯愕的驚呼。

「乜話？」對上 Kanna 震驚的眼神，陸金有些迷茫，下意識的回頭去看。

半空中的觀音像完好無損，甚至還比之前更加狠厲，無數手掌上沾染著猩紅的血液，混合著血雨水一同落下。

而自己面前倒下的身影，只是一個倒霉的參加者，莫名其妙被陸金一拳穿透了胸口。

「陸金，你下次可唔可以睇清楚先嘟手？」Kanna 臉色不太好。

她提醒陸金不是因為多麼在意他，只是擔心陸金死在這裡，自己會失去了一個可利用的對象。

陸金回頭看了一眼 Kanna，神色有些恍惚。

眼前的觀音廟像是在頃刻間有了變化，滿地都是參加者的屍體，或是四下飛濺的血水。

雖然不知道 Kanna 跟 Diana 換取了甚麼能力，觀音像像是完全察覺不到她的存在，但 Kanna 的情況似乎也很不妙，她手裡捏著紙巾，時不時擦去鼻孔流出來的鼻血。

「幻覺……」陸金看著自己被幻象消耗掉的兩根手指，心知目前的情況不太妙，回頭對著 Kanna 苦笑一聲，「今次嘅遊戲有啲難，我冇把握幫你贏。」

「吓，事到如今你先講？」Kanna 臉色巨變，她可不想輸掉遊戲，「陸金，唔好咁快放棄住，可能仲有機會呢！」

就在大家都陷入苦戰時，電燈柱後的陰影處卻躲著一個不起眼，甚至遊戲開始到現在，都沒有人留意過他的參加者——聰少。

聰少向 Diana 換來的能力很特別，只對有關神像類的都市傳說有用，可以極大地克制甚至殺死觀音像，但作為代價，他的能力對其他都市傳說都沒有用，簡單來說平時根本沒有勝出機會。

不過好在，他終於等到了今次的都市傳說，紅磡觀音像。

這簡直是中了六合彩，只要等大家都死得七七八八……

聰少還在這裡幻想在最後一刻收拾掉觀音像，甚至遲鈍得沒發現身後有人接近。

凌志剛已經觀察了他很久，緩緩走近：「你嘅能力好似幾得意。」

「冇，邊度得意，」聰少背後冷汗直流，他最不希望有人發現自己的能力，試圖矇混過關，「你咁犀利，今次一定會贏㗎可？」

「叻仔，識得詐傻扮懵。」凌志剛微微一笑，「不過我想提醒你，喺我面前最好唔好講大話，因為唔好以為呃到我。」

「……咁你想點？」聰少吞了吞口水。

「又唔使緊張，我只係想同你做個交易。」凌志剛拍了拍哥爾夫球 Polo 恤上並不存在的灰塵，「將你嘅能力借畀我用，等我贏咗呢次遊戲，分返 10% 嘅分數畀你，你覺得呢？」

「10%，會唔會少咗啲？」聰少雖然有些懼怕，但強裝鎮定道，「我嘅能力應該唔止咁少。」

「當然唔止。」凌志剛微微一笑，「但 10% 總好過乜都冇。」

言下之意再明顯不過，若是聰少不答應，那就甚麼都得不到。

聰少心中雖然不甘，卻也明白自己別無選擇。

「咁我不如搏一鋪。」聰少冷笑道，眼中閃過一抹狠色，「殺咗我你會畀 Diana 扣分，你咁緊張啲分數，應該唔會傻到咁做。」

「確實，殺咗你條數扯唔勻。」凌志剛從口袋裡摸出一枝雪茄點上，吐了個煙圈，「老實講我唔討厭你呢種人，不過可惜，陣間你可能會有啲痛⋯⋯」

此刻阿龍身上的血腥味更濃了，他整個人彷彿從血水裡撈出來的。

持續積累的重傷，卻無法阻止阿龍的腳步，他像是提前被設定好的自動程式，渾身浴血朝著子晴撲過來。

子晴閃避著，儘管身上難免有些擦傷。

阿龍那怪物般的力量，或許能夠震懾其他人，但對子晴而言，卻沒有任何威脅。如果子晴願意，而且他想，他隨時都可以殺死阿龍。

「你點解唔殺我？」阿龍也有些困惑，「我知道，你隨時都

可以殺死我。」

「我冇殺你嘅理由。」子晴喃喃自語，「我要殺嘅就只有 Diana。」

「當然有。」阿龍露齒一笑，朝著子晴衝了過來，「就係我要殺咗你！」

子晴像是被他逼得情緒有些崩潰，一把抓住阿龍的衫領將他撞在天台水箱，右手死死掐住他的脖子，「夠啦！」

「終於打算殺我係咪？」阿龍反而露出詭異的笑容，滿口鮮血顯得格外猙獰，「三秒鐘，如果你唔殺我，我就要繼續殺你。一⋯⋯」

「點解？」子晴看著阿龍，像是在問他，又像是在透過他問另一個人，「望住其他人畀呢個所謂遊戲玩死玩殘，你好開心？」

阿龍突然瘋狂地大笑起來：「開心！點解唔開心呀？可以睇到人命係幾咁低賤，我仲嫌死得唔夠多呀！」

不知道是否阿龍的話戳中了子晴，子晴掐住阿龍脖子的力道猝然加重。

體內那股殺人衝動不斷叫囂，子晴身上的恐怖刺青開始不受控制扭曲，朝著臉上攀爬。

是的，他骨子裡總有種強烈的衝動——想殺人……

但是，每一次都被他克制住自己。

就在阿龍以為子晴要對自己下殺手之時，遠處的觀音像忽然發出巨大的哀嚎聲，隨後轟然倒塌，和四周的建築群一起，漸漸消散。

子晴一愣，不可置信地回頭，手上也漸漸失了力道，阿龍趁機逃脫。

天空上凝住的倒數也表明同一件事——遊戲已經結束了！

觀音像消失的地方，凌志剛伸手輕輕調整了衣服的袖口，緩緩走出，向大家宣告本次遊戲結束。

空靈的女聲再次自夜空響起：「本次體驗已經結束，每位參加者將會喺一分鐘後返到原本嘅世界。」

廟宇的殘骸和倒塌的石塊開始逐漸變得透明，四周倖存的參加者紛紛癱倒在地，有人無力地笑著，有人鬆一口氣。

但更多的，是不甘和失落。他們參加這場遊戲，就是為了贏得最後的勝利，實現自己的願望。如今卻眼睜睜看著這機會被別人搶走了，那嚼碎吞下的怨恨，簡直比死還要痛苦百倍。

「喔，唔知係邊個贏咗呢。」聽到遊戲結束，大寶讓地上的蔓藤緩緩纏回花盆裡，轉頭看向癱坐在地的陳牧師，「係咪仲要繼續？雖然遊戲完咗，但我樂意奉陪。」

「你以為贏嘅係邊個？子晴？」陳牧師笑出了聲，早已失了之前的牧師造作腔調，「都市傳説體驗館帶界大家嘅分數，可以換到嘅都係人最原始嘅慾望，錢、權力、名譽……就算子晴想阻止 Diana，佢都阻止唔到其他人。」

大寶挑了挑眉，似乎對陳牧師的話並不感到意外。陳牧師繼續説道：「我都睇漏眼，居然而家先發覺你唔係普通參加者。」陳牧師從地上爬起來，擦去臉上的髒血，張嘴一笑，「唔係次次你都保得住佢，好好珍惜你哋最後嘅時光啦。」

「你睇錯啦，我只係個普通人。」看著陳牧師忽然消失不見的方向，大寶歪了歪頭。

都市傳説體驗已經結束，眾人回到了遊戲開始前的大型歌劇廳。

　　一隻模仿人類說話的烏鴉，站在鐵架子上，以奇怪的腔調進行著分數總結，倖存的百多名參加者之中，只有凌志剛一人獲得了全部分數獎勵，總共是一萬分。

　　除了凌志剛以外，其他人的臉色都不太好看。

　　子晴神色疲倦，向大寶等人道歉：「對唔住，我本來可以贏，但畀人拖住。」

　　「冇所謂啦，子晴。」Ace搖了搖頭，「對我哋嚟講，贏唔係最重要，但分數落咗喺人哋度，我哋以後可能要小心啲啦。」

　　子晴點了點頭，身上攀爬過刺青的地方有些隱隱作痛。

　　看著子晴疲倦的神色，其他人也有些擔心他，安慰了幾句後，Rose指了指一旁的凌志剛問道：「喂，Ace，你之前話嗰個人咩來頭話？」

　　Ace之前確實提過凌志剛，說他本來是星期二遊戲的最高得分者，不過，自從大家都一起參加遊戲後，除了行徑惹眼的新界鄉黑陸金、本來就很紅的Kanna，以及窮追不捨的陳牧師，凌志剛顯得特別低調，這次也是他第一次贏出遊戲。難怪Rose會對這號人物沒甚麼印象。

「香港大地產商，凌心集團執行主席，淨係知佢入贅凌家，佢老婆先係真正嘅接班人。」Ace搖了搖頭，「但呢啲資料維基都有，再深入啲嘅完全查唔到，佢份人相當小心。」

「你咁提起，我好似又有啲印象。」Rose蹙眉道，「話時話有冇人知條友係點贏？」

「大家都討論緊，我都想知佢點樣一個人贏一萬分嘅遊戲……用咗咩手段……」大家都後知後覺地意識到了不對勁。

子晴微微抿住嘴，腦海中似乎有密密麻麻的一團線，等待著他去梳理——

「死牛屎佬！殺我兄弟，你唔係諗住可以冇事行出呢度嘛？發你個夢啦去！」

這一聲，頓時吸引了大廳所有人的注意，子晴也不難免俗，下意識循聲看去——

只見一赤裸著上身的乾瘦男人，手上纏著繃帶，握著一把西瓜刀，浩浩蕩蕩帶著身後幾個古惑仔，把才從觀音廟回來、身體負傷的陸金包圍起來。

原因無他，正是因為陸金在剛才的遊戲中誤把他的兄弟當成

是觀音像，一拳斃命。

而作為被找上門的對象，陸金此刻沒了往日「新界江湖猛人」的派頭，反倒耷拉著腦袋，坐在座位上，捂著那在觀音廟中連連斷指的一隻猴臂，眼神失焦地望著地氈。

在旁人看來，他似乎仍然沒從輸掉遊戲的打擊中回復，以至於平日總愛掛在臉上、油膩的笑容也無力維持了。

但在子晴的眼中，陸金的表現很異常，但找他麻煩的帶頭男人卻沒這麼細心，反倒以為陸金一聲不發是示弱的表現，頓時罵得更用力了，甚至還一巴掌拍向陸金的臉。

「同你講緊嘢呀，你啞㗎？粒聲唔出⋯⋯」

變故卻在男人話落下發生！

那一巴掌還沒碰到陸金，陸金率先將男人的腦袋往椅背尖角處狂砸，伴隨著骨頭碎裂的聲響，男人應聲倒地，但陸金並沒有就此罷休，他騎在男人身上，又一拳落在男人的臉上。

男人的鼻子已經完全扭曲變形，牙齒也被打碎了好幾顆，早已奄奄一息，但陸金像瘋了般，仍然不斷地揮拳，直到拳頭都沾滿了鮮血。

這是最純粹的暴力，沒有任何花巧，只有最原始的憤怒。

此時此刻，男人的幾個同伴都被眼前的一幕嚇得紛紛噤了聲。

因為眼前的陸金，明明之前一直嬉皮笑臉，現在卻整個人兇戾得像惡鬼一樣，他們退避都來不及，哪敢再上前生事。

舞台上的烏鴉這時候飛了下來，降落在陸金身邊的椅子上，並提醒他：

「呱呱——大廳仍然屬於遊戲範圍，殺害其他參加者嘅話，會扣除遊戲分數！」

陸金殺紅的眼漸漸轉回正常，因為烏鴉的話無疑讓他清醒了點，他今次在遊戲中已經因為誤殺其他參加者失去了一次分數，他如果再次失去分數……陸金猛地握緊了帶血的拳頭。

Kanna 眼底閃過一絲厭惡，但她聲音卻不顯露，反而柔聲相勸：「陸金，我哋走啦。」

「好。」

陸金聲音滿是不甘，臨離開之前，他抬腳泄憤似的又踩了那人身體一腳。

而這一下，剛好踩中了生殖部位，這咕滋發出的聲音，頓時又讓周圍人心底忍不住惡寒，唯獨子晴坐在那裡，眼神無波無瀾。

如果是旁人，肯定會以為他冷漠得將自己置身事外，但大寶心思細密，注意到子晴神情莫名，於是便轉頭跟 Ace、Rose 說：「你哋出外面等先，我有啲嘢想同子晴講。」

「有啲咩係我唔聽得㗎？」穿著超短裙的 Rose 乾脆坐下來，份外有個性地搖晃著說。

Ace 看 Rose 這姿態，不由得聳了聳肩，但見大寶對自己打眼色，只好無奈地將 Rose 拉走，「好啦，咪咁八卦啦。」

眼看自己這麼沒形象地被拉走，Rose 當然不服，嘴裡一直嚷道：「唔好掹我！放開我，信唔信我打爆你個頭！」

Ace 只得一路哄著把 Rose 帶走，隨著兩人離開，歌劇廳其他人也相繼離開。

但如果仔細看，參與者們始終還是被陸金突然發瘋打人搞得心有餘悸，所以他們離開時也頗有講究——

他們的步伐始終保持和其他參與者們拉開一段距離，以免在外面碰頭，再生事端。

很快，凌志剛、陳牧師和他的信徒們，也相繼走了。

頓時，整個寬廣的歌劇廳只剩下大寶和子晴。

還有，以及舞台上那隻烏鴉。

子晴收回看向烏鴉的視線後，淡淡道：「我知你打算講咩。」

烏鴉豆子似的眼似乎好奇看來，但大寶卻一點都不在意，他直接開門見山問，「仲記唔記得 G 死咗之後，你講過嘅嘢？」

子晴眼神微動，卻沒有說話，大寶乾脆繼續又道。

「你話你唔想 G 同你嘅慘劇再發生喺其他人身上，所以你要完咗場遊戲，完咗都市傳說體驗館。既然呢件事冇人做，咁就由我哋嚟做。」

大寶在大廳、都市傳說體驗館的範圍裡說出如此反骨的話，不得不說讓人心驚，但代表 Diana 的烏鴉卻好像沒有聽見，又好像並不在意，開始在他們二人面前用尖喙梳理起那烏黲黲的羽毛。

大寶沉著臉，用手搭上子晴的肩，「子晴，經過今次之後，你應該都睇得好清楚，有啲人……」大寶看向陳牧師最後離開的方向，輕嘆著語氣說：「佢哋不但唔領你情，甚至，仲覺得我哋

係敵人。」

子晴明顯感覺到大寶搭在自己肩上的那隻手在收緊，就像他此刻不斷收緊的心。

子晴側過臉，再次看向梳理羽毛的烏鴉，烏鴉似乎注意到他的注視，停止了梳理，歪頭不解與他對視，那豆子的小眼睛懵懂又無辜，彷彿在假裝不知道自己代表著血腥殘酷的都市傳說體驗館，而且有這麼多的狂熱追隨者。

但顯然，子晴他們所面臨的麻煩更不止這些。

「嗰啲匿埋喺暗處嘅參加者，就好似陸金、凌志剛、獨眼龍咁嘅人比比皆是，我哋雖然唔知道佢哋想喺度得到啲咩，但可以肯定嘅係，」大寶的聲音沉了下來，「佢哋都唔會畀我哋如願以償。」

「子晴，嗰啲人已經唔係我哋要救嘅人，佢哋係阻撓我哋嘅敵人，同都市傳說體驗館、Diana 一樣嘅敵人。」

雖然早就明白這個道理，但子晴從大寶口裡親耳聽見，他的心還是難免沉重了起來。

因為他不想走到那一步，但大寶還是要撕破一切，讓他徹底

明白。

「唔首先清除呢啲障礙，我哋就結束唔到呢個遊戲。子晴，你應該明白事理，知道我講緊咩。」

子晴其實早從他們的出現就已經清楚明白，但是他們終究同是人，是慘遭 Diana 玩弄的受害者一方，他本來以為，可以找到其他的路，他……

大寶也不想逼得子晴太緊，乾脆拍了拍子晴的肩，「唔好要佢哋等咁耐，我哋都出去啦。」

都市傳說體驗館3
URBAN HUNT

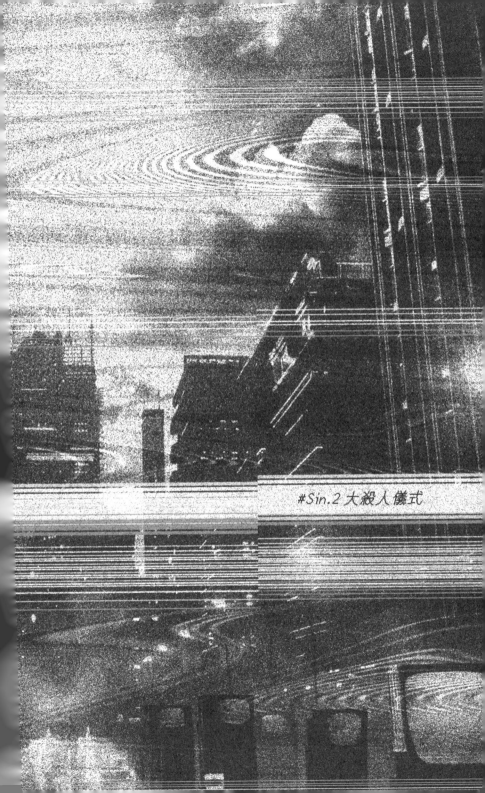

#Sin.2 大殺人儀式

中東，某處偏僻、沒甚麼遊客會去的小鎮。

男子穿著黑色風褸，步履匆匆地走在人煙稀少的街巷中，雖然是張這裡罕見的東亞面孔，然而卻沒有人對他多看一眼。

一個轉角，男子就走入一間不起眼的旅館。

入夜的旅館。

男子盤腿坐在黑不見光的房間裡，只有手提電腦螢幕微弱的光照亮了他那張亞裔的面孔。

他推了推鼻樑上的眼鏡，十指繼續飛快在鍵盤上敲擊，直到密密麻麻寫完一篇文字，他才猛地敲下送出鍵，寫好的內容瞬間便發佈到網上討論區。

他那藏於眼鏡後的雙眼緊緊盯著螢幕，看著發佈的 Post 沒有消失，甚至瀏覽數從 0 開始，過了一會兒變成 2，再變成 5，然後是 7。

上升的速度非常緩慢，這個 Post 很快被其他熱門話題蓋過，但他那在黑暗中顯得晦暗不明的眼卻流轉起驚異的光。

因為以往任何與「都市傳說體驗館」相關的內容，都會立即

從網上消失。

但此時此刻！他的 Post 居然存活了下來，而且開始被遊戲以外的人看見——

故嚟喫 ?_?

有人把他寫的內容當成是「寫故」，在他帖下面如此回文。

男子對如此調侃，卻不惱羞成怒，反而對此感到滿意，因為他知道「被看見」只是第一步。

夜色越來越深了。

男子揉了揉疲澀的雙眼，連日未睡的疲憊席捲而來，他活動著手指，正想把電腦合上。

然而，房門外這時有人輕輕敲門。

男子瞬間停止動作，眼裡也充滿懷疑。直到門外傳來熟悉的聲音，他才平靜地起身，走向門口。原來是旅館的房東。

房東是個戴頭巾、滿臉鬍子的中年男人。這家小鎮唯一的旅館是他的家族生意。

「Hello my friend，到交房租的日子了。」房東笑咪咪地搓著手，用不太流利的英文說。

男子嗯了一聲，隨手從一邊銀包裡掏出幾張當地貨幣遞了過去。

房東滿意點著頭，只是低頭接過錢的刹那，他眼睛忽閃了幾下。

但再次抬起頭時，他又回復了老實人的模樣。

男子見房東還站在那裡，正常人都會察覺對方似乎還有話要說，但男子仍直接轉身關上了門。

房東急忙伸出手按住門，這才支支吾吾地說：「老弟，最近你這房間的電費好像有點高呀……」

男子一聽卻沒明白房東的心思，反而認真地回答：「應該不可能吧，房東先生。」

他開始分析起來，眉頭微擰：「我每日早出晚歸，留在房間的時間不多。再說，我只用基本電器，例如燈和風扇，沒開過熱水，甚至我的手提電腦都設定了節能模式。這樣都會令到用電量變高嗎？房東先生，你會不會需要請人檢查下酒店的電錶系統？」

　　房東被他一連串的分析弄得有點暈頭轉向，趕忙擺了擺手，「老弟，你誤會我的意思了。我是想說，你也看到旅館最近沒甚麼人住，日子不好過，所以我們不得不稍微加一下住宿費。從現在開始，你房間每晚的房租會加 20%。希望你能理解。」

　　男子終於明白了，手上動作倒是迅速，又從銀包裡抽了兩張鈔票塞給房東。

　　「我想這樣應該足夠了。如果沒甚麼重要的事，請不要再打擾我。」他沒甚麼表情地說。

　　房東樂得眉開眼笑，連聲多謝後便離開了。

　　交易完畢，門終於被關上，男子打了個哈欠走向了床，但門外，憨厚房東的臉瞬間陰沉了下來。

　　夜更深了。

　　在中東，一般的小鎮通常夜晚生活並不豐富，所以街道上的路燈稀稀落落關了大半。

　　但如果有半夜回家的人經過，會發現往日黑漆漆的街口，以及關燈落半閘的旅館門口，有電筒光在閃爍——

因為此刻幾個當地紅白巾包頭的男人，正鬼鬼祟祟聚集在一家小鎮旅館門口，交頭接耳著。

「拉希德，你把我們叫出來有甚麼緊急事？」其中一個男人壓低聲音問道。

「一個外地人，錢包裡裝滿了我們一個月都見不到的鈔票。他在鎮上像個無頭烏蠅，獨自一人，容易下手。」房東信誓旦旦地說。

第一個發問男人聞言，總算臉上露出了笑容，「那把門卡拿來吧。成功後，不會少了你的份。」

「好！」房東爽快地把門卡交給了他。

於是，幾個男人趁著夜色正濃，在房東的一路方便下，來到了那個外地住客的房門前。他們小心翼翼地刷了卡，生怕弄出聲響驚擾了房內的人。

然而，他們來不及大肆搜掠，門無聲地打開了，卻發現房間內竟空無一人。

當然，這樣也就算了，就連住客所有行李、手提電腦也全數消失不見。

「他人呢？不是說他在房間內嗎？」其中一個矮胖男人惱羞成怒，一腳踹翻了旁邊的垃圾桶。

房東也傻眼了，他摸了摸被窩，裡面還是暖的，證明在不久前那個住客還待在這裡，但現在，人卻沒了。

房東抓破了頭，他在想，旅館前後門都有人把守，一個大男人帶著行李，怎麼可能在眾目睽睽之下溜掉，難道他……還懂得隱形了？

房東沒想到的是，他這荒誕的想法衍生而出時，在他旅館幾百米外的郊野，他那腦洞大開的想法正在上演——

沙地上，一連串的腳印清晰可見，它們緩緩前進。但詭異的是，四下無人，只有這些腳印在無聲無息中自行形成。

東方漸漸吐白，晨曦下，一個裹著黑色風褸的男子身影漸漸顯現。

如果房東在，那想必能一眼認出這個男子正是他詭秘失蹤的住客。

男子抬手遮住了半隻眼，嘆息般喃喃道，「唔夠瞓，唔夠精神……」

同一時間的香港，觀塘區某間路邊的茶餐廳。

此時正值午飯時間，茶餐廳出入的打工仔客人絡繹不絕。

在餐廳的角落，靠窗的卡位，坐著三個人。

三人中最引人注目的是有著一頭漂染金髮的男子，有經過的客人與之散漫眼神不經意對上，連忙收回視線，只因這金髮男拿著手中牙籤在嘴裡來回撥弄，還抖著腿，顯然一副不好惹的模樣。

坐在他對面的女子翻了個白眼，顯然嫌跟他同坐一枱太過失禮。

但她的穿著也十分不低調，大腿和頸上綁著鉚釘皮環，腳踩一雙誇張的厚底靴，一身黑色龐克打扮，臉蛋卻精緻得像洋娃娃。

但就是這樣兩個引人注目的人，中間卻混進了一個打扮乾淨清爽、看上去如大眾臉無異的第三人。

當然，如果忽略掉他那副厭世的面孔，確實正常得很。

子晴輕咳了一聲，試圖打破這尷尬的沉默。「阿豪，你最近

身體點，有冇覺得邊度唔習慣？」

　　算算日子，阿豪被分數復活後已經過了兩個多星期，這是他們第一次約出來見面，子晴確實有點在意他的身體狀態。

　　阿豪瞇了瞇眼，「要講到唔習慣啦喎，就係⋯⋯」他刻意拉長了語調，在子晴有些緊張注視下，突然張嘴一笑，「我健康咗呀頂！喂你咪話唔神奇，我啲腰痠背痛好似消失晒咁，早知死過翻生咁著數，我應該早啲死至係，Diana 好嘢！」

　　子晴聽阿豪居然說出如此離經叛道的話，頓時面色沉了下來。

　　阿豪見狀，馬上圓場：「我講笑啫，唔講邊有得笑！」

　　子晴老早習慣了阿豪的不正經，和他計較就是自己找氣受，便抿了抿嘴，乾脆轉移話題，「咁你之後打算點？」

　　阿豪剔著牙，一副無所謂的模樣，「睇下莉莉想點，佢想點，我咪點囉。」

　　子晴點了點頭，便淡淡道，「既然你都決定咗，咁我都無謂多講。」

　　「子晴，乜你咁㗎，我哋識咗咁多年，你有咩唔可以照直

講？」阿豪就不愛看子晴凡事都悶心裡，語氣忍不住有點重。

「阿豪，下話？你為咗個爭啲害死你嘅女人咁樣對子晴，子晴都係關心你啊。」Rose忍不住道。

阿豪被這麼一說，那點煩躁情緒頓時消散了很多，他語氣也軟和不少，「好好好，係我態度唔好，我道歉，子晴，你都知我咩脾氣，我係當你兄弟先咁講，你唔好嬲。」

子晴卻眼神沉沉看向窗外車水馬龍，聲音也低沉了下去，「阿豪，我知道我咁講你又會唔鍾意，但係，你唔覺得奇怪㗎咩？個女人當初明明只係當你係血袋，而家又為咗救你做咁多嘢，背後會唔會有咩目的，你有冇諗過？」

阿豪幾乎是立即就否定了子晴，「唔係有咩目的。」

見子晴目光看著自己，阿豪似乎有甚麼難以啟齒的話要說，但他最終還是繼續為莉莉辯護：「你信我，莉莉佢真係改變咗……」

「改變咗……」子晴嘆了口氣，沒讓阿豪看到自己眼底的晦澀。

子晴眼前似乎又浮現起兩星期前那次的都市傳說遊戲——『費城實驗』中，莉莉為了得到分數復活阿豪，被洋裝小女孩電得皮

開肉綻的畫面，一時之間，他也摸不清莉莉到底是不是還想害人。

　　畢竟她為了讓阿豪復活，確實是付出了巨大的代價，而他……

　　子晴垂下了眼，「其實，我唔係冇諗過去復活你。」

　　因為以他現在所累積的遊戲分數，要復活任何一個人都綽綽有餘。

　　但阿豪也好，G……他姊姊也好，他都沒能夠下決心去用分數復活。

　　阿豪以為子晴是自責，語重心長地説：「子晴，你真係唔使內疚，我冇怪過你，因為我嘅死係自己攞嚟。」

　　阿豪的話剛説完，子晴抬起頭，目光與阿豪相遇。在那一瞬間，兩人不約而同地陷入了回憶之中。歡笑、淚水、爭吵、和好……那些年少時的點點滴滴，如今回想起來，都變得彌足珍貴。

　　阿豪回憶起自己死去的那一刻，彷彿一切都在昨日。在三千分的『辮子姑娘』傳説中，他看到莉莉被盯上，毫不猶豫地衝了上去。辮子姑娘的尖刺刺穿了他的心臟，鮮血汩汩流出，染紅了他的衣衫。

在生命的最後一刻，阿豪的腦海中閃過無數畫面。他想起了與子晴、國鈞的中學時光。他想起了莉莉燦爛的笑容，那個他發誓要守護的女孩。

見阿豪表情坦蕩，不似在說違心說話，子晴臉上微鬆。

因為子晴雖然不知用分數復活一個人到底是對還是錯，但既然阿豪已經復活，這一句成了既定事實，他沒必要再去糾結，畢竟好朋友活著，比甚麼都好。

但子晴轉念一想，那他姊姊呢？他到底該不該用分數復活他姊姊？這個問題，像是一個不停旋轉的鑽頭，深深鑽入他的心底。

子晴的思緒再次被拉回了那個痛苦的回憶。他親眼目睹了姊姊被 Diana 改寫現實，倒在地上一動不動，他卻無能為力，只能眼睜睜看著這一切發生。

每每想起這個情景，子晴的心就像被人狠狠揪住一般。他曾無數次想過用分數復活姊姊，但最終還是遲遲下不了手。因為他知道，一旦真的這麼做了，就等於是放棄抵抗 Diana。

他姊姊為了他，為了對抗 Diana 做了那麼多，他作為她的至親，應該要比誰都明白她的意願。

　　雖然不知道子晴因何事而想得入神，但阿豪知道子晴的個性，不想說哪怕他打破砂鍋問到底也沒用，所以乾脆扯開話題，「國鈞最近點？仲係冇同你聯絡？」

　　「冇，完全人間蒸發。」子晴淡淡回答。

　　「個衰仔，唉，如果佢喺度就好，」見 Rose 探究目光看來，阿豪嘻嘻笑著說，「你肯定唔知呢，我哋三個仲係中學雞嗰陣，試過喺呢間茶記畀人撩過。」

　　子晴被阿豪這麼一提，眼裡也浮現出淡淡懷念，他好笑地說，「你仲好講，咩畀人撩，明明係你笑隔籬枱嘅人著淘寶假貨在先。」

　　Rose 聽罷輕輕哂笑了聲，阿豪一時語塞，拿起桌上的水戰略性喝了口，緩解尷尬，「嗱，我就係特登講錯考你記唔記得嘅，重點係，我哋三個都好耐冇聚過啦。」

　　「唉，你都不解風情，唔講啦。」他站起了身。

　　「咁快就走？」子晴的目光似探照燈般投射向阿豪，讓後者頓時無所遁形。

　　阿豪訕訕摸了摸鼻子，小聲道，「係呀，我等陣約咗莉莉，你兩個慢慢坐，得閒再約。」

説完，他便拿走單據要去門口結賬。

阿豪大步走到收銀櫃前，見不到伙記，就大聲拍桌，「喂，埋單呀，錢都唔收呀？」

員工哪敢惹這不好惹的金毛，連忙過來招呼他收錢。

Rose 收回看向阿豪的視線，轉向子晴，她歪著頭説，「你哋感情一定好深，由中學就識到而家。」

子晴眼底流露出淡淡的感懷，「係，我有時候會諗，會唔會係佢哋知道我孤零零一個，無親無故，所以由識嗰時開始就對我特別關照。」

Rose 扭過了臉，説了一句，「你已經比好多人幸福。」

這搞得子晴也不知是彆扭的安慰還是單純的羨慕。

因為他知道 Rose 的身世跟自己差不多，無父無母。

當然，Rose 説得也沒錯，她的確更加不幸。

她從有記憶起就一直待在兒童之家，那裡的孩子一個比一個缺愛，Rose 能遇到對自己友善的人已經不容易，更不要説在其中

交到好友。

　　長大離開那裡後，因為成長過程中的種種問題，她都沒甚麼正經像樣的生活，所以子晴特別能理解 Rose 此刻的心情。

　　「你有冇諗過，去搵你親生父母嘅下落？」子晴忍不住問。

　　Rose 表情卻顯得異常冷漠，「都將我掉喺保良局，佢哋對我嚟講，同死咗冇分別。」

　　「或者佢哋當初有咩苦衷。」子晴努力想讓 Rose 想開點。

　　「有咩苦衷會令佢哋狠心到拋棄自己個親生女？」Rose 胸口忍不住劇烈起伏，但這是在街外，她不想在那麼多人面前失態，於是努力克制住情緒，不讓自己向子晴傾訴的話聽上去那麼可憐。

　　「當佢哋出意外死咗，至少我仲可以呃自己，但如果你要我去搵佢哋，發現佢哋仲無事無幹咁生存緊，對唔住，我真係唔知道點樣再呃自己，呃自己我唔係連父母都唔要嘅女。」

　　子晴眼底微微洩露出一絲不忍，他頓了一頓，「不如咁，如果成功結束遊戲，你就去見一見佢哋，當畀個機會你自己，一個重新開始嘅機會。」

　　子晴說這句話不是沒有分寸的，他能看出 Rose 努力偽裝下一顆脆弱，渴望親情的心，所以他才如此開口。

　　果然，Rose 沉默了一會兒，低聲說，「好呀，不過我有一個條件。」

　　「你講。」

　　Rose 把頭轉正，一雙眼睛定定望著子晴，隨即她一字一句地說，「就係你唔可以死。」

　　子晴感覺自己都要被那雙真摯的眼灼傷了，好像對方那目光洞悉到了他的靈魂。

　　所以子晴只能掩飾性低頭，迴避她的目光。

　　「好，我應承你。」

　　「我哋都走啦，去其他地方行下。」子晴站了起來。

　　因為剛才阿豪已經結賬了，所以他們直接走出門口。

　　午後陽光正烈，一走出來，子晴相當於直面太陽，他眯了眯眼，忍不住抬手遮住陽光，但忽然之間，一種頭昏目眩的感覺撲

面而來。

「頂。」他低聲罵了句。

又來了。這討厭的感覺。

「又頭痛？」Rose 馬上知道是怎麼回事——

自從子晴在遊戲中碰見像天使的生物後，他就三不五時頭痛、頭暈。

不過所幸那頭痛的強度，並沒有與天使直接面對面那般猛烈。

所以子晴忍過一陣後，便慢慢適應了。

「我冇事。」子晴盡量用平靜語氣說。

「咩冇事？……子晴，你望下你隻手！」

子晴隨著 Rose 的視線，往自己的左手看去，竟發現皮膚不自覺地浮現出刺青。

子晴連忙拉低外套衣袖，環顧四周，見沒人注意才稍稍放下心。

「子晴，今個禮拜你唔好去遊戲。」Rose 堅持地説。

子晴搖了搖頭，露出無奈的苦笑，「唔去嘅話，其他人會知我有唔妥。」

現在的都市傳説體驗館已經今非昔比，幾乎變成參與者之間的殺戮場。

他作為一個備受注目的人突然缺席，無異是告訴其他心懷鬼胎的人，他身上有機可乘。

所以……子晴在袖中，捏緊了手。

「唔通你夾硬去，其他人就睇唔出你有事？」Rose 忍不住反問。

「已經冇之前咁嚴重，你放心，我唔會畀自己有事。」子晴仍想堅持。

Rose 見説不通，氣得都想踩腳，「乜你咁萌塞，要對付 Diana，唔一定要用呢啲不明來歷嘅嘢！」

當然 Rose 也有別的私心，因為他們都能看出，子晴的頭痛跟他使用的力量有關。

所以為了子晴著想，她繼續勸道，「子晴，你而家儲埋儲埋咁多分數，不如換其他嘢好冇？就好似 G 咁吖，佢換返嚟嘅能力，我冇見過有邊個比得上。」

面對 Rose 的説詞，子晴依然顯得過分理智，「係，但對 Diana 依然冇用。」

Rose 被這句，徹底堵住了還想遊説的心。

「要對付 Diana，唔可以用常理。」

子晴眼神收緊，隱晦地看著自己手上已經浮現出大半的恐怖刺青，「我呢啲力量，正正唔係常理解釋得到。」

相比其他人明確、能夠清楚描述的能力，目的是為了提高勝出遊戲的機會，他一身的力量至今仍未能解釋是甚麼。

有時候未知是恐懼的，但恐懼也代表力量，如果這力量能連通 Diana，與之產生共鳴。

那背後隱藏的價值就值得他去冒未知的險。

子晴這樣想，大家也是如此，無形之中，他們都將子晴視作對付 Diana 的最大希望。

　　Rose 又何嘗不明白，但子晴是她……特別關注的人，她怎麼能忍心看著子晴這樣？

　　「或者……」Rose 腦海裡閃過一個牧師打扮，卻行徑瘋瘋癲癲的老人，她聲音忍不住多了幾分希望說，「嗰個牧師會知點解你會頭痛。」

　　因為在『林士站』那次的都市傳說中，大家都記得那個陳牧師有份擊倒名為『那基爾』的天使，而他那一身刺青跟子晴十分類似，甚至可能一模一樣。

　　既然子晴出現頭痛，或許那個牧師也會。

　　「但我唔覺得佢會話我知。」子晴並不覺得，他到現在還記得，幾天前的遊戲裡，對方眼見對自己勸說無果，馬上變臉對他倒戈相向的狠厲樣，不由無奈地笑了笑。

　　「唔講，就打到佢講為止。」Rose 輕哼了聲，似乎覺得子晴多慮了。

　　如此暴力簡單，子晴卻不得不承認，「哈哈，你啱。」

　　儘管可行性存疑，但這或許是目前僵局的一個突破口。

子晴兀自沉思著，突然猛地站住腳，轉過身來。

Rose 不解地詢問道，「做咩？」

其實，子晴自來到茶餐廳後，總隱隱覺得有一雙眼在盯著他，尤其是剛才，那種感覺似乎更強烈了，但他猛然地轉身，身後除了車水馬龍，就是對面街——客人進出不絕的茶餐廳。

所以他怕 Rose 也跟著他多心，搖頭道，「冇嘢，我哋走啦。」

於是兩人漸漸離開，走遠。

他們不知道的是，擠擁的茶餐廳內，其中一個客人，摘下了漁夫帽，朝他們的背影，露出一個極難以察覺的微笑。

「你叫嘅菠蘿油。」茶餐廳伙記放下碟子時，被摘下帽子後，那一頭耀眼的金髮吸引了視線，忍不住多看了一眼。

不同於阿豪的金髮，這個客人眉高目深，是一個金髮男子的外國人，在這個不是遊客區的地方，一個上班族的「蛇王秘竇」會出現這麼一個金髮外國人，實在十分離奇。

「唔該伙記。」金髮男子更是有著一口非常地道的廣東話，讓侍應更驚訝了。

不過他很快就收拾好情緒，轉身走向下一桌。

然而，侍應轉身走開了幾步，又被叫停了。

「唔好意思，我嗌嘅應該係蛋牛治。」見侍應不解看來，金髮男子微笑著繼續說。

「吓？唔通落錯單？」侍應心裡嫌他麻煩，面上卻一副抱歉狀，「唔好意思，我即刻叫水吧整過件蛋牛治畀你。」

金髮男子卻突然垂下眼，「咁又唔使，我唔想嘥咗碟菠蘿油。」

因為他之前就注意到隔壁桌的客人也上錯了餐，而那盤沒人動過的肉醬意粉很快就被侍應收走，直接倒進了垃圾桶裡。

侍應這時忍不住翻白眼了，金髮男子其實看到了，但他卻沒有理會，開始吃了起來。

晚上，一間面臨維港的五星級酒店。

高檔套房內的燈光已經熄滅，唯獨床對面牆上的掛牆電視正

熱火朝天地播放著廣告，釋放出耀眼的光芒。

「炎炎夏日嘅最佳消暑方案？嚟海洋王國嘅夏水禮啦！我係Kanna，我邀請你同我一齊，喺呢個夏天，浸入最 Cool 嘅水世界！」

廣告的聲音回蕩在酒店房間裡，其中，卻夾雜著一男一女的喘息聲——

原來此刻，一對男女正在床上纏綿。

電視光打在女人那張似痛似歡愉的臉上，正與廣告中女主的臉如出一轍，顯然正是 Kanna 本人。

而另一方的男人則更是不得了，竟然是城中數一數二的富商，凌心集團的執行主席，凌志剛。

一番激情過後。

Kanna 赤身從床上起身，隨即她拾起地上的胸罩，慢慢套在身上。

整個過程，攤在床上的凌志剛一直看著她的背影，慵懶地問道：「咁快就走？」

Kanna 一邊繼續套上上衣，一邊回答：「聽朝一早有拍劇通告。」

凌志剛笑了笑，沒有挽留，只是隨意詢問：「陸金嗰邊情況點？打唔打聽到啲咩？」

Kanna 停頓了一下，因為一聽到這個名字，她就反射性厭惡，但她還是回答：「冇，陸金雖然鹹濕，但佢唔蠢，仲要多啲時間。」

凌志剛輕聲笑了下：「我係怕時間越耐，你會蝕底畀佢唧。擔心你。」

Kanna 同樣輕笑了下：「放心，我有自己底線，再講我Taste 邊有咁差？退一萬步講，咁都唔關你事。」她直視著凌志剛的眼睛，語氣平淡。

凌志剛趕緊舉起雙手作投降狀：「Fine，係我過界。講好咗，我哋唔干涉對方。」

但他卻站起身來，摟住 Kanna 纖細的腰，在她耳邊輕聲呢喃，呢喃間，好似帶著一絲不易察覺的關切：「如果聽日得閒，我去片場探你。」

Kanna 卻彷彿不吃這一套，把凌志剛的腦袋推開，微笑著說：

「如果你真係嚟，記住唔好阻住我拍嘢。」

　　說完，穿戴完畢的她戴上口罩，朝門口走去。她還特別側頭，確認走廊兩端沒有人。

　　「吱嘎──」一聲，房門輕輕關上，也同樣阻攔了凌志剛繼續觀看那窈窕背影。

　　他淡淡收回視線，這時，他的手機卻震動起來。

　　看著來電號碼，凌志剛皺了皺眉。

　　「你有五秒鐘，解釋下點解呢個鐘數打嚟。」凌志剛聲音冷冰冰地說。

　　對方在電話中說了幾句。

　　凌志剛才鬆口說道，「你最好冇講大話。」

　　二十分鐘後，附近一幢甲級寫字樓的天台。

　　入夜微涼，冷風從四面八方呼呼吹來，吹動著站在天台欄邊

男人的牛仔褲。

他戴著低調鴨嘴帽，辨不清神色，只俯視著天台下 OT 時段依然亮著的辦公室燈光，目光出奇地平靜且詭異。

腳步聲漸近，男人微調帽檐，緩緩轉身。

附近的摩天大廈閃爍著星星點點的燈光，他站在明暗交界處，扭轉過的身影顯得格外扭曲不定。

但來人絲毫不在意，反倒有些不耐煩，冷冷地問，「你而家可以講，你發現咗啲咩。」

男人被如此不客氣質問，籠罩在半個陰影中的臉絲毫沒有生氣，反倒躊躇起來，聲音隱約帶著討好，「凌生，有啲嘢……可能唔係咁簡單。」

此言一出，凌志剛簡直想笑了，這是他其中一個請來的私家偵探，讓他暗地裡去墳墓偷拍，甚至跟蹤並搜集其他都市傳說體驗館參加者的情報，這偵探拿了自己那麼多錢，現在卻跟他兜起圈子。

「直接少少。」凌志剛命令道。

半個陰影中，偵探那討好的面具終於裂開，露出了他的真面目，或者說真實意圖——

「凌生，麻煩你都客氣少少，因為我發現咗你嘅秘密……嗰啲你唔會想有人知道嘅……計劃。如果畀你嘅太太，亦即係凌心集團實質嘅控制人知道，你會有好大麻煩。」

「你咁叫威脅我？」凌志剛的嘴角勾起一絲輕蔑的笑意。

「點講好呢，凌生，受人錢財替人消災，呢啲職業道德我都有。我咁講，只係想拎到更加合理嘅報酬啫。」偵探的眼神中這時露出了貪婪之色。

凌志剛輕聲笑了起來，開始在天台上隨意地漫步，嘴裡更是把話題扯得不著邊際，「蝴蝶效應，一個有趣嘅理論，你有冇聽過？」

偵探顯然被這話題跳轉弄得人有些怔住，「蝴蝶效應？我唔係好明，你可唔可以……」

凌志剛卻輕噓聲打斷他，繼續扯，「理論上，一隻蝴蝶喺度拍下對翼，半個地球以外，可能會引起一個龍捲風。再微不足道嘅事件，有時候可以引發預見唔到嘅連鎖反應。」

凌志剛繼續説著，但他的目光卻在天台上掃來掃去，似乎在尋找著些甚麼。

偵探被對方這舉動搞得毛毛的，但對金錢的渴望促使他忽略了這不適感，繼續直挺著背在那裡聽對方念叨。

「但要刻意操縱呢啲蝴蝶效應去 Achieve 某啲結果，幾乎係冇可能。因為咁需要到極端嘅計算同埋觀察，掌握所有變數。我能力只可以控制周圍一百米範圍內嘅結果，成功率最高得70%。」

偵探眉心緊皺，顯然還沒來得及理解凌志剛的言下之意，反倒更困惑和不安了。

就在他不耐煩想要出聲打斷的時候，這時，「嚓噠——」一聲輕響。

他如驚弓之鳥般看去，原來是凌志剛漫無目的摸索間，似乎觸碰到了吊船旁的一個開關。天台的門隨後被打開。

嘩啦！夜風掠過，帶動了門口的一串風鈴，發出叮鈴的響聲。

偵探目光下意識循聲看去，被那搖晃風鈴奪去注意力間，他沒有注意到，一連串看似偶然的事件發生了——

　　他的腳下，一條繩索不知何時蜿蜒而來，接著慢慢繞上了他的腳。

　　等到他感覺小腿傳來束縛感，低頭要看去時，天台邊上，嘭的一聲發出巨響！

　　放在天台邊緣的建材一瞬之間倒塌，偵探只來得及瞪大眼，現出眼底驚恐，他腳下繩子候然收緊，刷的一下把他整個人從天台上拖了下去！

　　五十樓而下！

　　由始至終，凌志剛冰冷著眼神，站在天台邊緣，眺望著樓下街道，聽著因高空墜落而發出的尖叫聲被風吹散。

　　他忍不住曲起手指，那個方才撥動開關的食指，心中不由感慨，真是一場完美的意外。

　　蝴蝶效應的美好在此刻淋漓展現，而他的手，全程未有「弄髒」……

　　這是凌志剛在很久以前，在其他遊戲參加者身上所「借用」的能力。他一直想找機會試試，沒想到效果竟然這麼讓人該死的著迷。

不過，這還不夠。

因為如果要吞併凌心集團，一場完美的意外遠不足夠。

凌志剛想到他老婆早就跟他簽下的婚前協議書，他眼裡流露出一絲嫌棄。

因為他老婆如果死了，一毫子他都分不到。

夜風更烈了。

凌志剛緊了緊身上的西裝外套，彎腰拾起偵探遺落下的公文袋，便腳步輕快離開了天台……

城市的地底。

一場非法的黑市拳賽，四面環繞的觀眾席內此刻擠滿了人，他們一個個戴著面具，嘴裡吶喊著，視線齊齊投向場中心——

一個巨大的鐵籠內，一個上身赤膊、獨眼的男人正站立在其中。

而跟他僅有一門之隔的籠門外，和他對峙站著的是三隻足有

兩米多高的壯年雄性黑熊。

　　黑熊們顯然是提前做過饑餓處理，牠們饑腸轆轆，眼中分明燃燒著對眼前「食物」的渴望。

　　隨著鐵籠門緩緩開啟，三隻成年的雄性黑熊被釋放進來，觀眾們體內腎上腺素都被點燃，嘴裡的吶喊更是如同一場暴雨！

　　黑熊們甫一進入，就朝籠中央的「食物」撲去。

　　男人面無表情，始終站立在原地，直到為首第一隻黑熊張著血盆大口，揮舞著熊掌要撕爛他臉而來時，他終於動了動。

　　隨著「嘭」的一下骨節砸肉聲，他的拳頭精準地擊中熊的鼻樑！

　　觀眾為這出其不意、有力的一擊而炸開了鍋！

　　受到攻擊，熊吃痛得倒退的同時，怒吼的聲音充滿了誓要見血的殘暴基因。

　　可是男人卻似乎早已喪失了所有反應，他高高躍起，抬手像一台無情的行刑機器，第一隻黑熊抽搐著倒下，緊接著第二隻、第三隻熊相繼倒地，腹部被開了個大洞，內臟流了一地。

由始至終，男人氣都不喘，出手間，如同例行公事般，不過幾下便在無數觀眾見證下，勝出了這場惡趣味的賽事。

男人站在屍體中央，雙手鮮血淋漓，他的表情也是平靜得近乎非人，此刻，他甚麼也不需要再做，只孑然一身站在那裡，便讓觀眾的尖叫達到了沸點！

但男人面對一眾如此狂熱的粉絲，他眼神空洞，好像剛才發生的一切與他無關。

直到台下工作人員示意，他才微微點頭，走下了台。

地下格鬥場的拳賽經理室。

挺著啤酒肚的經理正在檯燈下，貪婪地數著一疊又一疊的鈔票。

獨眼男人則靜靜地站在一旁等待著，彷彿眼裡並無對世俗金錢的渴望。

直到把面前厚厚鈔票點完，經理才抬頭，心痛地從其中抽出幾張推到男人面前，「阿龍，Good job。」

話語中只有敷衍，顯然不是真心讚賞。

阿龍接過獎金，也不在意經理的剝削，轉身便離開了經理室。

「阿龍今晚做咩？」經理隨意問道，他的眼睛仍然離不開剩下的錢。

「的確怪怪哋咁，」手下微微瞇眼作回憶狀，「以前佢一直打得好 High 㗎，今晚好似食錯藥咁，冇嘜精神。」

「算，話之佢死老豆又好，乜都好，只要佢聽聽話話繼續幫我哋賺大錢就得啦。」經理把面前堆成小山的鈔票攬在懷裡，彷彿一切都比不過面前的真金白銀。

離開地下格鬥場的阿龍，此刻正踏出潮濕的後門間，來到一條昏暗的後巷。

眼下正值凌晨，後巷無人，所以四周安靜得只能聽見他的呼吸，以及遠處破碎的霓虹燈閃爍的聲音。

他步伐平常，就像漫無目的走在後巷中，越走越往後巷深處。直到幾個蒙面人從黑暗中出現，將他包圍，他才站定腳步。

阿龍靜靜地注視著他們，表情依舊沒甚麼波瀾，但他一隻眸

子卻比漆黑的夜更深。

一個蒙面人時刻警惕著他，慢慢從背後拿出手機，手機螢幕亮起。

阿龍微微眨了眨眼，因為螢幕上是子晴的照片。

蒙面人的聲音也猶如從地底深處傳來，陰森森的駭人：「今晚，同我殺咗佢。」

深夜。

子晴呆在空蕩蕩的醫院大堂，他正獨自坐在塑膠椅上，安靜地等待著護士叫號。

手機突然響起，是 Ace 打來的電話。

「喂，子晴，搞緊咩？」Ace 隨意地問道。

子晴一時語塞，他不想讓 Ace 知道自己來醫院，正想找藉口搪塞過去的時候，背後恰恰傳來了護士叫病人的聲音。

「夜媽媽……你走去醫院做咩？」Ace 的語氣聽起來更多是好奇。

子晴嘆了口氣，只好如實交代，「你都知我最近身體怪怪哋，咪想嚟做個 Body check。」子晴如實説道。

Ace 知道子晴説的是最近的「頭痛問題」。

對於都市傳説體驗館的參與者來説，原本只要有足夠的分數，一切都不成問題。重傷、死亡，甚至是絕望，都可以藉由向 Diana 許願而消除。

但如果子晴的頭痛問題，反而是他向 Diana 借取過力量，身體對某些存在有了排斥呢？那無疑是陷入了一個矛盾的死循環──因為使用分數而頭痛，不能再使用分數去解決頭痛。

既然想來想去都沒有答案，所以子晴想著不如死馬當活馬醫，來醫院碰碰運氣。

「哦，咁你而家即係得閒啦？」Ace 漫不經心地説，「要唔要過嚟我度？過幾日就遊戲，放鬆下，話唔定你只係壓力太大。」

子晴沉吟了一會兒，點頭嗯了聲。

Ace 頓時感到詫異，「吓你認真？你之前唔係話去蒲唔啱你嘅咩？我次次叫你你都唔嚟。」

子晴無暇解釋，因為護士叫到了子晴的號碼，所以他只匆匆回了句，「我攞完報告就過嚟。」便掛斷了電話。

其實，子晴答應的原因很簡單。

他一直以來都沒有好好了解過 Ace 這個人，而且，他抓緊了手裡的號碼紙，心想就算自己放縱一回，也不會有人在意吧？

「你身體幾好喎，冇咩問題呀。」坐在對面的醫生推了推眼鏡，翻看完檢查報告後，下了結論。

子晴並不覺得奇怪，因為當他坐在醫生對面的椅子時，就知道自己的體質本就不屬於科學能解釋的範疇，又談何找出頭痛的原因，他來這不過是抱著僥倖的心態罷了。

子晴緊繃的肩膀微微鬆了一下，還是想再嘗試一下，「我最近成日頭痛，有時仲會暈低。」

醫生的眉頭輕輕皺起：「呢啲症狀出現嗰陣，有冇咩特定情況？或者，你記唔記得係幾時開始？」

子晴沉默了一會兒，都市傳説體驗館的事情不能直説，所以他斟酌著話語，隱晦地説：「由我開始接觸某啲嘢開始。」

子晴並沒有透露「啲嘢」正是指天使。他怕醫生會直接轉介他到精神科。

「某啲嘢？」醫生顯得有些困惑，但還是繼續問道：「我聽落就似係過敏反應。」

「過敏反應？」子晴問道，心中卻清楚地知道他的狀況遠非如此簡單。

「嗯，當你身體接觸到某啲物質，而你免疫系統產生過度反應。呢啲過敏性反應有時會引起呼吸困難，或者好似你咁會頭暈、頭痛。」醫生解釋説。

雖然醫生的診斷並未讓他情況有好轉，但醫生的説辭卻讓子晴眼睛一亮，因為這簡直給了他一個新的視角——

或許，他的身體真的是對這些純淨的存在產生了某種排異反應，這不正像是過敏症狀嗎！

子晴站起身，客氣感謝了醫生一番後，他揣著如同鉛般沉重的心，帶著那份既無用又不可或缺的身體報告，躞步走出了醫院。

此時正值午夜，離開的道路寂靜又了無人影。

暗淡街燈下，只有子晴一人躂步在行人路上，他那單薄的背影隨著他走動，而慢慢拉長扭曲，而很快，他的影子停止在原地，因為不知何時，地上竟浮現了又一個黑影。

子晴慢慢抬起眼──

站在他前方是一個人，一個右眼戴著眼罩的怪男，他臉上佈滿了刀疤，那一身狠戾的氣息即使在墨色的夜中也無法掩蔽。

子晴幾乎一眼便認出了他，忍不住低聲喃喃，「阿龍……」都市傳說體驗館的參與者之一。

被認出來，阿龍也不在意，他站在那裡，目光似無焦距盯著子晴這邊，嘴裡則不停地重複著：「殺……殺……」

子晴沒看出阿龍狀況有異，但仍然忍著脾氣，勸説對方，「前幾日喺遊戲仲未夠？你唔係我對手。」

但對上阿龍那空洞洞、彷彿漩渦似的獨眸，子晴才訥訥住口，因為對方像極了人偶，對外界的一切動靜都沒有絲毫反應。

子晴喃喃自語著説，「我到底有咩錯，點解你哋個個都想阻

住我？我只係想解放所有人，唔通為咗慾望，覺得就算畀人擺佈
都冇所謂？」

　　這泣血般的質疑聲剛落，路燈的光忽閃了下，帶著阿龍眼中
好像也點燃了一束光，但很快一陣急促又奇怪的連串笛音從遠處
傳來，路燈啪的熄了，阿龍的眼神又恢復了先前的空洞，彷彿剛
才的光亮只是幻覺。

　　子晴看到阿龍裸露在外的皮膚開始散發出紅色的光芒，讓子
晴注意到阿龍皮膚上清晰的脈絡同時，彷彿能感受到從對方身上
飄來的陣陣血腥味。

　　這股刺鼻的氣味讓子晴一時分神，但就在瞬息間，對方出手
了。

　　子晴微微偏頭，因為對方殺意的逼近，讓他按捺在體內的猙
獰野獸瞬間甦醒。

　　他身上刺青如活了般，在月光下蠕動，緊緊地包裹著他的大
半身體。

　　雖未用足全力，但阿龍還是被甩出去好幾米遠，重重地摔在
地上。

但最滲人的是，阿龍散發著紅色光暈的皮肉也因這創擊而皮開肉綻，流出觸目驚心的血色。

空氣中的血腥味越發濃重了，子晴微微皺了皺眉。

但阿龍卻像感覺不到痛一樣，非但沒有吃痛後退，反而直撲子晴而來。

子晴身上努力壓制住的刺青，也受到了這濃重血腥和高頻攻擊的刺激，如活物般瞬間盤桓至他的臉，此刻的子晴被逼退至牆角，慘澹月光打在他那張臉上，簡直如地獄惡鬼吸附在他的臉上，張牙舞爪得恨不得撕破子晴那張人皮！

那一刻，他幾乎可以聽到自己心底那抑制已久的聲音，在低語著某種來自深淵的誘惑——釋放，摧毀，自由。

但最終，子晴還是猶豫了。

所以那致命的一擊偏離了位置。

沒有直接命中阿龍的要害，但仍舊讓阿龍皮肉被黑暗侵蝕，甚至隱約可見森森白骨，但他並沒有死。

阿龍卻仍表情淡漠，見子晴停了手，反倒拖著遍體鱗傷，朝

著子晴步步逼近。

就在此時，那怪異的笛音突然再次響起，阿龍的身子唠嚓一下，再次僵住了。他的眼珠動了動，竟然轉身離開了，朝著笛音的方向。

子晴凝望著阿龍消失的方向，留下地上一路的血跡，嘆了口氣。

直到現在，他還是狠不下心下手……

「《女神煉成日記》，Scene 6，Take 12，Rolling，3、2、1、Action ！」

隨著這一聲話落，光線從片場頂部的燈光設備瞬間散落下來，模糊地照亮了 Kanna 的臉。

拍攝現場佈置成一個貼滿動漫海報的宅女房間中。

當燈光調到合適的亮度，Kanna——那張作為香港新生代最紅女歌手的臉蛋，此刻卻被厚重眼鏡，以及寡淡的妝容掩去了平日光芒。

　　再加上她穿著寬鬆的 T 恤和運動褲，完全看不出平日的好身材，所以她看上去就像是一名青春偶像劇中的笨拙女主角。

　　鏡頭一切，另一位男演員強勢的台詞就像箭一樣射向她。

　　「你知唔知道，喺呢個世界上，只有不斷努力嘅人先可以實現夢想！」

　　「我、我知道⋯⋯但係⋯⋯有時候，努力似乎⋯⋯都睇唔到希望。」Kanna 順利接下台詞，可是燈光下，她的表情卻很僵硬。

　　導演的眉頭不由得皺了皺，這是糟糕的預示，其他工作人員紛紛噤聲，片場頓時陷入了一陣死寂般的沉默。

　　因為這一幕是最應體現張力的時刻，但 Kanna 的表現卻讓這份緊張感消失得無影無蹤。

　　「Cut。」導演的聲音再次響起。

　　Kanna 的心頓時沉了下來。

　　因為這已經是第十二次的 NG 了，她可以感覺到周圍人各異眼光，似乎在埋怨她拖累劇組進度，但因為 Kanna 的人氣度，他們不敢表露出不滿，所以空氣中充斥著陰鬱的絕望。

「Kanna，不如我哋休息下，然後再重新嚟過。」導演努力控制聲音平和，但他的目光並未與她相接，似乎不想自己眼底的嫌棄被對方看穿，引來尷尬。

Kanna點了點頭，她知道這不過是一種禮貌性的掩飾，畢竟她只是個歌手，演技確實不怎麼樣。

不過拍了十二場，還是讓她心裡有些許挫敗，她打算步向自己的休息區，好好調整下心情。

然而一個矮壯人影擋住了她前路，她睫毛忽閃，有一瞬間動搖，因為她以為是凌志剛來訪。

但見那人身高明顯矮一截，而且嘿嘿朝她露出猥瑣笑容時，她的臉色瞬間變得比方才拍攝時更僵硬了。

陸金，那個她最討厭的新界黑社會，自以為瀟灑地擋在她休息室門口。

他穿著一件過於張揚的西裝外套，手中拿著一束由一千元紙幣摺成的花，就像是故意要來炫耀他惡俗的品味。

惹得片場其他人紛紛對陸金的出現感到獵奇。

但陸金似乎毫不在意大家的目光，他還生怕不夠高調，裝腔

作勢直接拿導演說話:「我睇你班人都唔識拍,要 Kanna NG 咗咁多次!唔識拍就換人,唔好喺度嘥我 Kanna 時間!」

Kanna 感到一陣尷尬。因為她有自知之明,知道自己演技不佳,但她也不難為情畢竟她本來想挑戰自己,但此刻陸金卻替她向導演抱屈,頓時讓她鬧了個沒趣。

助手會看臉色,馬上給 Kanna 遞來奶茶,Kanna 這才強壓下不滿,抬腳向休息間走去。

她都不用看,就知道她一走,陸金馬上就像蜜蜂遇到花蜜似的,黏著上來。

陸金笑呵呵地坐在她旁邊。

Kanna 用飲管吸著奶茶,懶得理會。

過了一會兒,她餘光注意到陸金那好脾氣快裝不下去時,才說:「你唔應該咁樣話導演,係我嘅戲唔好。」

陸金被給了下台階,馬上又張開嘴笑嘻嘻道:「Kanna,我就係鍾意你呢點,你明知自己戲唔好,但依然去挑戰,夠倔,我鍾意!」

雖然這話奉承了點，Kanna 確實認為自己就是這樣性格，勉強因他的話而動容了一些，「或者你都講得啱。」

她選擇拍戲是這樣，做歌手她也是如此。

她知道自己歌唱實力不足，雖然有張出眾的臉，但她不甘心靠著迎合，靠著成為別人的玩物來走紅。

所以她逼自己直面遊戲危險，通過不斷參加遊戲，累積分數，最終利用這些分數來自己達成自己的願望。

思緒回籠，Kanna 這時留意到陸金的右手被繃帶包紮了。

「咦，你隻手做咩？」Kanna 問。

陸金在喜歡女人面前慣常會裝，他輕描淡寫地説：「哦冇，少少副作用啫。」

「緊張我呀？」陸金故意挑眉壞笑看著她。

Kanna 不想過早顯露自己的用心，「我係緊張我自己，如果你幫唔到我贏遊戲，咁我諗，我哋嘅合作關係都唔使繼續。」

「放心，下次遊戲，我一定會幫你贏。」

「咁就最好。」Kanna 隨手把手裡奶茶掉在一旁垃圾桶，站起身淡淡道。

「Kanna，導演話 Stand by！」助手敲了敲門，在外面揚聲道。

Kanna 嗯了聲，便走出了休息室。

「Diana 呀——」

這時候，附近忽然有人喊出這名字。

一聽到這名字，陸金就像條件反射地轉頭望去。

「Diana，話畀化妝 Crew 知，男主角個妝感要再加強少少，現場打光搞到佢睇落太似病人啦。」導演説。

一個紮住馬尾的年輕女子聞言，點了點頭，轉身走向燈光師，一邊用對講機通知化妝團隊導演的指示。

原來只是個拍劇助導。

陸金笑了笑，覺得自己太過緊張了，畢竟 Diana 這個名字這世上千千萬萬個，剛好叫這個名字實在不足為奇。

然後他沒有再理會，便離開了，反正他今天來只是想看一眼
Kanna……

入夜後，觀塘區某個屋邨。

李先生剛下班回到家，正在玄關處換鞋。這時，隔壁鄰居司
徒家傳來了激烈的爭吵聲，即使隔著一道牆也清晰可聽。

「日嗌夜嗌，真係好煩！」李先生不耐煩皺了皺眉，不過他
已經習慣了這對夫妻的爭吵，正當他打算充耳不聞時，他聽著隔
壁傳來不像平時的動靜，吵架聲中夾雜著椅子碎裂和女人的尖叫，
還聽見有人說要殺死對方。

為了以防萬一，他還是拿起了電話撥通「三條九」，簡單交
代了情況後，便靜靜地等在門邊，繼續偷聽隔壁動靜。

「我要殺咗你呢個賤女人！」司徒威嘶吼的聲音簡直如在耳
邊！

伴隨著女人的尖叫和沉重傢俱被推倒的巨響。

李先生緊張地拉開一點門，猶豫著是否要過去幫忙。

但就在此時，樓梯間傳來一陣輕快的腳步聲。

「咦？呢頭先報完警，差佬咁快就到？」李先生心想。

他忍不住探頭去看樓梯口，但出現在走廊上的，卻是一個穿著樸素便服的女子，她根本不像是警察，更像是一個普通的住戶。

只是李先生覺得這女子似乎有些過於敏銳了，他才看幾眼，這女子偏了偏頭，一雙清靈的眼馬上對上了他，也不知甚麼回事，明明面前只是個普通的年輕女子，李先生卻反應過激地，馬上把門合上。

「今日發生咩事，竟然連個女人仔都驚？」李先生靠在門後，忍不住自嘲自己起來。

同一時間，隔壁司徒家。

溫馨的客廳此時一片凌亂，傢俱東歪西倒，地上更是散落著碎裂的玻璃。

而司徒家男主人司徒威則抓著哭得妝糊了一臉的妻子的頭髮，拼命往地上撞。

司徒太太的額頭都流血了，她裸露在外的皮膚更是佈滿了瘀青，她嗚嗚地哭著，嗓音已經啞得發不出聲，而且她眼前還開始發黑，有腦震盪的跡象。

但司徒威卻看不見妻子的慘狀，因為他的腦袋被酒精麻木，已經完全失去理智，只想把內心的壓抑通過暴力宣洩而出。

此刻，單純的虐打已經滿足不了他了，他拾起地上的生果刀，對著妻子那張被他磕得紅腫的臉，正打算動手把那可憎的臉劃爛時，突然，他揚起的手凝滯在半空。

司徒太太眨了眨被淚水模糊的眼，遲鈍發現了不尋常。

因為丈夫所有一切動作都靜止了，就好像被空氣凝結了。

但她不知道是，此刻異狀是時間本身屈服於某種無形的威脅所致。

而那位剛才在走廊的年輕女子卻無視於這空間的混亂，豁然推開門，慢慢走了進來，她身後的馬尾緊緊地束在腦後，隨著她走動而晃蕩。

她的動作與丈夫的靜止此刻形成了強烈的對比，讓司徒太太眼底頓時爬滿了驚恐。

司徒太太又怕又疑惑，她不知道這位不速之客是誰，更不知道為何周遭的世界似乎被按下了暫停鍵。

年輕女子卻絲毫沒有不速之客的覺悟，她走進來如同來到了自己的家，她從善如流轉向到廚房，拿出一把菜刀，隨後轉身來到司徒太太面前，伸出手。

她手中的刀柄正正朝著司徒太太伸出。

「司徒太太，你想唔想生存？」女子溫柔地問，聲音十分動聽而充滿磁性。

司徒太太以為得到了救贖般，淚馬上流得更多了。活下去，她真的可以嗎？

年輕女子彷彿洞悉了她的心聲，那動聽聲音繼續響起，「當然可以，不過你想生存……」她頓了頓，那聲音卻染上了一絲殘忍，「就只能夠殺咗你丈夫。」

司徒太太有一瞬間動搖，但她很快就軟弱地垂下了眼。

「我……做唔到……」

「人類之所以生存至今，係因為識得犧牲其他族群。」年輕

女子溫柔的嗓音，此刻已是彌漫著危險信號，「呢個係人類生存之道。司徒太太，記住只有你自己可以救到自己……」

這時隔壁單位。

內心躁動不安的李先生在聽到對講機聲打破了沉默的走廊後，心終於平靜了下來。

他再次拉開門縫，只見兩名軍裝警員的身影很快出現在自己家門口。

「係咪有人報警？」一名警員敲著鐵閘，那嘹亮的聲音穿過門板。

「係！係我報警！」李先生忙拉開門，向警察交代情況，「頭先隔籬屋對夫婦嘈得好勁，但而家突然靜晒，我驚可能出事。」

警員點了點頭，他們的手一直緊緊地按在佩槍上。

兩人交換了一個眼神，謹慎地，他們推開了隔壁單位的門。

門緩緩開啟，卻向門外的人，毫無保留展露了室內的驚悚景

象。

「Shit...」其中一名年輕面孔的警員臉色瞬間變得蒼白，「呢度……我哋需要支援，立即。秀茂坪邨，我重複，秀茂坪邨，兇殺案現場！」

他的拍檔則迅速拔槍，對準了屋內的人影。

「放低把刀！我叫你即刻放低把刀！」

屋子中央，司徒太太渾身是血地跪在客廳，她的手裡則死死地握著一把沾滿血的菜刀。而她的丈夫倒在她腳邊，身下已經形成了一片血泊，面色則呈青白死狀，顯然已經徹底斷了氣。

司徒太太似乎完全沒有聽到，她仍握著手裡的菜刀，只是呆呆地望著地上，像是被洗腦般喃喃重複：「我冇其他選擇……為咗生存……」

這時，後一步跟上來的李先生也看清了屋內的慘況，嚇得也不禁腳軟。

此刻，除了當事人司徒太太，誰也不知道那個紮馬尾的年輕女子憑空不見了蹤影，因為其他人記憶中，她從未出現過在這裡。至於這場兇殺案，又怎麼會與她有關呢？

意大利，米蘭主教座堂。

參與彌撒的信眾原本應該坐在席位上做禱告，但他們現在個個雙手被緊緊捆綁，每人手中被塞了炸藥，那些因為信仰天主而聚集在此的平和面容，此刻卻寫滿了恐懼。

他們完全沒有料到，他們平常的主日彌撒，竟會變成這樣一場噩夢般的恐怖襲擊。

站在祭台的陳牧師俯瞰著一眾天主教徒被自己的人脅持，此刻卻擺出一副悲天憫人的神情，安撫著驚恐的人們，「不必驚慌，不必驚慌！你哋信仰嘅天使必定會聞聲趕至！我哋目的唔係要傷害你哋，而係要天使出嚟，所以你哋安一萬個心！」

在想到天使會出來的可能，陳牧師臉上露出癲狂的神情。

但驚恐萬分的人群似乎根本聽不進他的話，因為他們滿心滿眼只有手中隨時可能被引爆的炸彈。

隨著時間的流逝，陳牧師開始難掩暴躁，他抓住胸口的詭異飾物，瘋瘋癲癲地搖頭晃腦喃喃：「你哋天使明明知道呢度發生嘅一切，點解遲遲都唔肯現身？難道係畏懼偉大嘅聖館大人？哼，

既然你哋如此懦弱，就唔好怪我先用你哋嘅信徒獻祭，再將你哋消滅！」

陳牧師瘋狂的目光掃視著惶恐的人群，「哈哈哈，見證啦各位！你哋嘅天使，居然真係忍心，睇住自己虔誠嘅信徒死喺我手上，呢個就係你哋信仰嘅神！我要開始倒數，你哋再唔出現……」

隨著他話音落下，陳牧師開始了倒數計時。

「十，九，八……」

在場的人開始絕望地哭泣，有的閉上了眼睛，有的繼續祈禱。

「三，二，一……」

隨著最後一個數字的落下，連環的爆炸巨響就如交響樂，震撼了整座教堂。

然而，當天使的信徒們血肉全數為這場大殺人儀式獻上所有，頃刻間毀滅的教堂只留下一地廢墟，陳牧師口中不斷提及的天使卻依舊沒有出現。

這時，風中似乎傳來似哭似笑的聲音——

「點解天使唔出現！點解！……」

都市傳説體驗館 3
URBAN HUNT

#Sin.3 法老詛咒

英國。倫敦 Tottenham Court Road 站月台。

廣播響起熟悉的音樂,接著插播天氣資訊:「女士們先生們。這是英國氣象局,今日倫敦天氣預報:晴朗,午後氣溫可能超過35℃,外出請做好防暑準備。祝您有個愉快一天。」

最近天氣反常得更厲害了。

穿著英式高中制服的格蕾絲和朋友一邊煩躁地抱怨著,一邊用手扇著風。

此刻她所處的地下鐵系統,連冷氣都沒有,搞得她實在受不了,直接伸手解開了上衣頂兩顆鈕扣。

旁邊幾個英國當地人頓時忍不住斜眼瞟過來,卻又裝作若無其事,其實,格蕾絲根本不在意,她甚至還為此挺了挺胸,眼角眉梢難掩她的得意。

突然,廣播再次響起:「各位乘客請注意,由於工會行動,開往 Ealing Broadway 方向的列車將延遲到達。」

「Bloody hell!」格蕾絲本來就等得不耐煩了,這下地鐵又出狀況,害她還要繼續留在這裡,她登時忍不住罵了起來。

「I swear, tube 絕對是倫敦最不可靠的交通工具！」

好友聳聳肩，一臉習以為常的表情，「歡迎來到倫敦。」

她看格蕾絲熱得煩躁難耐，便跟格蕾絲聊起八卦，試圖轉移後者注意力。

「話說回來，你覺得傑克那傢伙怎樣？我看他挺留意你的，擺明就喜歡你啊。」

格蕾絲果然被轉移了注意力，她撅起嘴唇，想了一下，「傑克啊，他長得確實不錯，身材也很結實。」

好友忍不住笑著拿手肘碰了碰格蕾絲，「所以你是不是也……」

「哈哈哈，你幹甚麼啦，你弄得我很癢！」

「快說，是不是！」

正當兩人旁若無人嬉笑打鬧之際，「呲呲——」一陣刺耳的煞車聲忽而響起。

兩人停止打鬧，紛紛看去，原來是姍姍來遲的列車終於到了。

　　車門嘶的一聲打開，裡面的人群魚貫而出，格蕾絲看著心急，抓著朋友的手，正準備擠進車廂，她的肩膀卻忽地一痛，有人狠狠撞了她一下。

　　「What the hell？」格蕾絲惱火地轉過身，卻發現她的身後竟空無一人，連個影子都沒有。她困惑地眨眨眼，環顧四周，月台上的人早就先她一步踏入了車廂，只有她一個人還在車門外，孤零零地站在那裡。

　　「怎麼了，還不快進來，車快要開了！」已經擠進車內的好友探出手，急呼格蕾絲進來。

　　「剛才有人撞我。」格蕾絲抖著唇，似乎越想越心驚，說到底還是個高中生，她一把握住好友的手，艱澀地問：「你剛剛有沒有看到……是誰撞了我？」

　　不遠處，一個下了地鐵的黑色風褸男子循聲看了過來。

　　他眨了眨眼，看著兩個少女滿臉見鬼神情，抱在一起進了地鐵後，才微微偏頭想……

　　多久了？

　　其實，國鈞自己也不記得，自己有多少天沒有解除這隱身的

能力。

因為隨著他知道得越來越多，他內心的不安便越來越大。

他比以往任何時候都更神經質，因為哪怕他隱形了，Diana
帶給他的陰影始終如影隨形。

所以他總是疑神疑鬼，彷彿感受到背後有雙眼，時刻注視著
他的一舉一動，嘲笑他徒勞無功的躲藏，也逃不過被人發現的命
運。

但即便如此，國鈞還是不想解除隱形。

好像只有使用能力時，他心裡才有自信，可以安慰自己，他
不是身無長物，他也有與之進行殊死一搏的獠牙。

隨著時間的流逝，國鈞從地下鐵上到地面，慢慢踱步到大英
博物館前。

「咦？」博物館的安檢人員漫不經心地抬了抬眉毛。

明明沒有人通過金屬檢測器，但是金屬檢測器卻這時響了起
來。

「哈，大概又壞了吧。」安檢人員懶洋洋地說，「看來這鬼

天氣，連機器都受不了啊。」

其他安檢人員也毫不在意，「不要管了吧。又不是未見過機器故障。」

國鈞順利進入大英博物館後，走向了埃及展廳所在方向。

展廳內人山人海，大多數遊客都聚集在法老拉美西斯二世的胸像前，爭相拍照打卡。但國鈞卻繞過了人群，走向了展廳深處一個較為冷清的區域。

因為他真正的目標是——

國鈞的目光難掩急不及待投向埃及展廳一角、那個無人問津的一塊小石碑。

在玻璃櫃中，射燈打在一塊小石碑上，乍一看，會發現上面已有許多歲月痕跡，那足足三千多年的歷史，以聖書體銘文和一些繪畫的形式展現在世人面前。

若有心仔細看，那綴以銘文修飾的畫中可見埃及守護神、法老和奴隸通通都跪拜著一個女人，女人沒甚麼起眼之處，如果非要說矚目的地方，就是女人手臂上有一隻漆黑的烏鴉。

國鈞看得正入神之際，附近忽然傳來一些騷動的聲音。

「人類文明？不，人類是地球的癌細胞！」
「人類的歷史就是破壞地球的歷史，博物館是在美化罪行！」

國鈞眼睛輕眨了一下，知道是新聞上常出現的極端環保分子，他們也來這博物館示威了。

他們神情癲狂，似乎眼裡容不得一點罪惡，所以他們不惜拿油漆潑向法老拉美西斯二世胸像，讓它整個變成藍色。

國鈞不感興趣，轉回頭去，卻見自己竟才遲鈍發現，自己旁邊多了一個人。

是個男子。

這個人在眾多金髮白人中，有著極之俊美的長相，他單手摸著下巴，只安靜站在那裡，與附近鬧事的抗議人士們簡直形成了強烈對比，渾然自成了一道安靜美男子風景。

此刻，他那深邃眼眸也正在欣賞這塊石碑。

「堂堂埃及守護神……跪拜一個女人，你唔覺得奇怪？」金髮白人男子突然幽幽說出一口流利廣東話。

國鈞不以為意，以為他只是自言自語，但當金髮白人男子朝他看過來時，國鈞眼裡登時溢滿了警戒！

因為附近只有金髮白人男子和他兩個人！

除了他，金髮白人男子根本不可能和第三者搭話。

國鈞心跳的頻率此刻極快，他快速思考自己的隱形為何會失效。明明自己數月來外出行動都沒有被人發現過。

「放心，我唔會對你點，我同嗰個烏鴉女向來冇咩來往，所以唔會對你構成威脅。」金髮白人男子輕易看穿國鈞的防備，安撫地說。

「你係邊個？」國鈞冷靜地問，語氣中沒有一絲起伏。

「點講好呢，你可以叫我 Michael。」男人頓了頓，如嚼巧克力般又在嘴裡回味了一下這名字，有些古里古怪地說，「嗯，Michael……我呢個身體原本嘅主人真係改咗個好名。我諗返起啦，佢喺北歐出世，係研究氣候變化嘅，即係你哋口中嘅環保分子，至於點解佢而家消失咗，身體由我主導，咁係因為佢自願將身體獻畀我用……」

金髮白人男子微笑著，說出這一堆匪夷所思的話，國鈞少有

地認為對方在愚弄他，直截了當地再一次問。

「我係指你真正身份，你到底係邊個？」

金髮白人男子臉上笑容更大了，卻閉口不願再多說一個字。

這時附近又傳來聲響，原來是博物館保安終於到場，將那些示威鬧事的人按倒在地上。

國鈞一分神，再轉過頭，國鈞的心卻猛地沉了下去。

因為金髮男子不見了，他的消失就如他出現般莫名其妙。

震動——

震動——

子晴勉強張開眼皮，手摸索著拿起床邊的手機來看。

起咗身未？

食唔食早餐

仲未醒？

我嚟搵你啦

到樓下了

喺門口

一大堆 Rose 的未讀訊息閃爍在手機螢幕中，子晴還沒來得及消化，很快，天台鐵皮屋的門就被推開了。

「醒咗做咩唔覆我 Whatsapp ？」Rose 今日穿著也十分惹眼，她嘴裡嚼著香口膠，自顧自地走進門，把手上兩袋麥記早餐放到桌上。

「我啱啱先醒。」子晴絲毫不意外 Rose 的闖入，他兀自下了床。

「等陣要遊戲你唔會唔記得咗嘛？」Rose 看子晴居然睡到現在，而且還一副自在的樣子，忍不住提醒。

原來，自上次的遊戲『紅磡觀音像』後，已經過了一星期。

「點會。」子晴走向洗手間，他一邊開始梳洗一邊說。

「仲有，Ace話今日唔嚟。」

「唔嚟？」子晴刷牙的手一頓，「咁佢有冇話點解？」

「今日好似係佢前女友嘅死忌。」

「哦……咁呀。」

子晴不知道應該說甚麼。

在這場遊戲裡，能讓大家走到一起，誰沒有一些不為人知，甚至不想別人知道的過去呢？多說無益，不過是自揭傷疤罷了，所以大家都不會過問太多……

子晴垂眼，那厭棄的臉龐側過去，竟讓人不自覺看出，他眼底泄出一絲微妙變化。

子晴兀自想得出神，忽然腰間一緊，他極輕地眨了下眼後，才察覺是Rose從後抱住了他的腰身。

「做咩？」子晴不太擅長處理這種情況，所以語氣有點生硬。

「冇。」

子晴遲疑，更不知道怎樣回話。

不過，Rose 很快鬆開了子晴，她走出了洗手間，一把抓起麥記紙袋裡中一個包塞嘴裡。

「哇！呢個新出嘅包好好食，你食過未？」Rose 邊吃邊含糊地問。

子晴露出欲言又止的神情。

「做咩呆晒，你有嘢想講？」Rose 滿口都是食物。

子晴搖了搖頭，「我唔記得咗想講咩。」

洗漱完畢，子晴也從善如流坐下吃麥記早餐。

青山公路海邊。

Ace 把車停在路邊，他半倚在車身，手純熟地從煙盒抽出一根煙。

煙火星子點起，徐徐升起嗆人煙熏味，Ace 卻面色不改，一

邊叼著嘴裡的煙，任煙霧模糊了他的視線，一邊隔著霧看向前方，在陽光下波光粼粼的東灣。

而他的眼裡則充滿了比大海還深邃的孤寂。

其實戒煙很久的人，時隔多日重新吸煙，會被煙嗆得很難受，雖然 Ace 戒煙是因為 Judy 不喜歡人吸煙。

但眼下他重新吸煙，同樣也是因為她。

畢竟這種日子，他沒辦法不從尼古丁中尋找一點慰藉。

Ace 好不容易平復了咳嗽，他的手機這時卻震動起來，是大寶打來的電話。

「我今日請假一日。」Ace 吐出煙霧，將煙灰彈在路邊的欄杆上。

「我知道，冇事。」

「咁有事搵我？」

「冇咩嘅，就係想提下你出門口要小心啲。子晴話幾日前，個獨眼龍突然走去搞佢。你今日得自己一個，萬一有咩唔對路，

即刻走。」大寶説得有點苦口婆心。

「哦，單嘢我都知。你都要對我有啲信心，我搞得掂。」畢竟在這樣的日子，Ace 心裡一直悶著，實在提不起太多精神，只想把人敷衍完，便隨口道。

「最怕係……總之執生。」

「咁婆媽㗎。知道啦，你哋都小心啲。」Ace 應付完場面話，那邊才説完「好」，他就直接掛斷了電話。

隨即，他又點燃一根煙，再次陷入煙霧繚繞之中。

直到腳邊煙頭堆積起來，他才一腳跨進車內，離開了那裡。

但不巧的是，他在回到市區的路上遇上了塞車。

是前方出甚麼交通意外了嗎？Ace 探了探頭。

嗶嗶——嗶嗶——

附近的司機也狂躁地猛按軚盤上的唊。

Ace 也被弄得煩躁起來，乾脆下車打聽情況。

「Hi，師兄，知唔知前面搞咩？」Ace 拿出煙盒，遞給一位同樣困在路上的司機，隨口問道。

司機抬手接過煙，袖口微微向上移了些許，露出內裡的一點刺青，Ace 眼神不經意輕輕掃過。

司機渾然不覺，愜意地吸了一口，像是勉強壓制住煩躁，才轉頭向車窗外的 Ace 繼續道：「好似話有架的士自炒喎。」

這一轉頭可不得了，他立馬注意到 Ace 身邊的跑車，兩眼都放光了，「哇，呢架車有錢都買唔到㗎喎？我喺雜誌見過，好似話係限量？」

Ace 壓住眼角得意，笑道，「師兄你真係識貨，係，全世界限量廿架，每架都唔一樣。」

司機露出羨慕的表情，「真不愧係限量版，就係唔一樣……」

「Freeze！」
「切！」

兩道聲音幾乎在同一時間響起！

司機被這突如其來的變故，弄得瞳孔猛然緊縮起來——

因為上一刻還跟他談笑風生的人，轉眼竟然一個翻身就不見了。

此刻 Ace 正踩在司機的車頂上，俐落地避開了襲擊者的利刃。

車內司機忍不住用怨恨的眼神看向偷襲者，因為他才分散掉 Ace 的注意，讓 Ace 對後背放鬆警惕，沒想到對方居然搞砸了。

偷襲者是附近另一輛車裡的司機，他此刻懊喪地握緊了手裡那把鋒利的刀。

「我一早 Feel 到你哋有唔妥啦。」Ace 從車頂跳下來，冷冷地說，「下次要玩偷襲，遮咗手臂嘅紋身先。」

司機拉低衣袖遮蓋手腕上的刺青，恨極了自己，沒有注意好細節，居然在不經意間露出了破綻。

與此同時，偷襲者，或者是說附近的所有司機，都紛紛蓋住了手腕上的刺青。

但他們卻絲毫不以為恥，因為這刺青，恰恰是他們作為「聖館教會」信徒的榮譽象徵。

而他們來到這裡，更是只有一個目的。

這一刻，一張張各異的司機臉孔都帶上如出一轍的狂熱，不知誰先喊了句「肅清！」，所有人頓時猙獰著面孔，一窩蜂朝Ace 襲來。

看著潮水般帶著驚濤駭浪之勢朝自己湧來的人，Ace 卻輕輕笑了。

「講定先，我唔似子晴咁心軟，你哋要殺我，就唔好怪我殺返你哋。」

話音剛落，衝在最前頭的狂熱教徒惡狠狠把手裡利器要往Ace 身體裡送，但即將刺破 Ace 衣服的瞬間，後者行動簡直如鬼魅一般，再度消失了。

「可惡！去咗邊？」教徒用兇狠的目光去搜尋，然而等他辨清對方方位時，擋住他視線的同伴們，竟一個個在他面前倒下！

「到底……到底咩事……」他瞪大眼想要搞清楚對方的詭譎攻擊，然而直到最後一個同伴倒在他腳邊，他卻始終無法捕捉到對方，哪怕一個衣角。

就在他因為看不見對方，神經越發暴躁時，一隻手突然輕柔地搭在他的右肩，他身體突然僵硬，因為一把輕柔的聲音在他耳邊如催命符般響起，「搵我？」

「嘭！」

Ace看著最後一個打手在自己眼前倒下，這才大喊：「出嚟啦，同你啲二打六玩狗，輪到你嚟陪我玩。」

Ace言語極盡挑釁，果然話才方落，一個黑色身影接近，帶著一股黑色極之不祥氣息，豁然襲向他。

Ace輕輕一笑，馬上低聲喃喃，「Freeze——」

雖然這是他故意招惹出來的，但Ace絲毫不敢鬆懈，他幾乎發動十足能力，以便他在時間停頓的過程中，能看清楚襲擊他的人，以確定他的猜想。

果然，此人正正就是陳牧師，因為來人在接近間，臉上、露出的手臂，全攀爬著跟子晴差不多一樣的刺青。

但如果仔細看，會發現陳牧師的刺青好像比較淺色。

時間開始恢復正常流逝速度，陳牧師攻至的剎那，Ace早就閃身躲避而去，所以首當其衝的是Ace所站位置旁邊上那輛車——

它轟隆一聲，整架車被黑色氣體吞噬，轉眼成了一地廢銅爛鐵。

　　這令人心驚的破壞力，閃身站在另一輛車頂上的 Ace 見狀，眼神都深了些，心中隱隱有了警覺。

　　陳牧師視線再次鎖定了 Ace，他歪了歪頭，對這比貓捉老鼠游走得還靈活的 Ace，感到了一絲煩躁，以至於他臉上爬動依附的刺青都扭曲成更詭異的形狀。

　　Ace 輕噴了聲，從旁邊一輛報廢車輛上抽出一條鐵枝，握在了左手。

　　他的嘴同一時刻，也微微動了動，「Freeze——」的字眼流淌而出。

　　陳牧師早已察覺這小子喃喃自語中的古怪之處，所以他嘴角微微上揚，眼睛拉滿血絲，在刹那間，把力量從他體內迸發而出，那張揚的黑氣，幾乎帶著把一切都吞噬殆盡的恐怖程度。

　　但這其中微毫秒的時間差，還是被 Ace 抓住了。

　　陳牧師彷彿整個人都凍在了空氣中，而他身上的黑氣則如剛浮出水面的惡獸，只能被制於人軀殼內，貪婪又怨恨地看著自己無法觸及和撕裂的 Ace 站在自己面前。

　　Ace 緩緩舉起手中的鐵枝，試探著把尖端對準被時間禁錮而

動彈不得的陳牧師心臟位置。

他目光冰冷，彷彿在看一具死屍，等待陳牧師像那無數倒下的手下一樣，徹底死在自己手裡。

然而，詭異的是，鐵枝的尖端才穿過黑霧，要刺入對方皮肉及心臟時，那黑霧就像盤桓冬眠的毒蛇似的，雖然已經陷入深度冬眠無攻擊性，但它的皮膚還是自帶侵蝕性。

所以 Ace 能聽到鐵枝被腐蝕發出的嘶嘶聲，他擰緊了眉，想要一鼓作氣直刺進去，但越是靠近，阻力越大，腐蝕的力度更是越強。

「已經到極限──」Ace 額頭上佈滿了汗珠，但饒是如此，他還是咬緊牙想再試一把，然而就算他能頂得住這痛苦，他的能力在這濃郁黑氣腐蝕下，竟在快速減退。

「大劑！」Ace 低罵了聲，這下已經不是吃不吃得消的問題，而是他的能力在失效，陳牧師朝他攻襲而來了！

Ace 再次使用能力，但時間的停頓還是產生了一定負面效應，出現了些微滯後。

Ace 看著自己被黑氣灼燒，已經黑了一大塊的衣袖，他心情

就如被烏雲籠罩。

其實他此時此刻十分被動，他當初向 Diana 換來的時間停頓能力，只為配合 G 的行動，他本身並不擅長一對一的戰鬥。

剛剛的玩命試探，讓他無比的明白陳牧師的能力非常危險，已經遠超他的想像。

他不能再接近陳牧師了，因為他下一次，也沒有把握能全身而退。

「再唔叫人嚟，你撐唔到幾耐。」陳牧師看出 Ace 眼底的憂慮重重，哼笑著挑釁道。

Ace 乾脆扔掉手裡已經腐蝕了大半的鐵枝，冷笑回道，「對付你啲咁嘅貨色，我一個就夠啦。」

「哦係咩？哈，咁你……」陳牧師臉上的笑容消失，「唔好怨我！」

他身上的黑氣如同一團凶猛的風暴，從各個方位，以刁鑽的角度猛然襲向 Ace。

Ace 抹了把臉上的汗，幾乎是打起十二萬分精神，抓住時間

的漏洞，不斷在對方攻勢下躲掩。

　　但饒是如此，Ace 並沒有被打中。那刺青散發出的黑氣給周圍造成的破壞力卻很驚人。

　　再加上他們在鬧市這麼大動作打鬥，很快就引來了警察。

　　Ace 被這一下分去了神。陳牧師則低低念起咒文，他的腳下轟然出現了一個詭異的陣！

　　陣中突然竄出無數條巨大蟒蛇，張開大口露出森森白牙，目標直指 Ace。

　　Ace 此刻已經腹背受敵，那些蟒蛇從四面八方朝他襲來，很快汗水模糊了他的視線。

　　他想要抬手擦，但，第六感在這時卻瘋狂發出警告！

　　「Free……」他還來不及使用能力，陳牧師一把掐住了他的脖子，把那未完的話徹底扼死在喉間。

　　「老鼠仔，遊戲到此為止！」陳牧師詭異地笑，用近乎深情的目光注視著 Ace 憋紅了臉，想要掙扎，卻只能任由那股令人毛骨悚然的黑色從陳牧師的手臂上蔓延過去。

「啞——」Ace 喉間發出垂死的聲音，因為他的脖子處開始變黑，慢慢擴展到下巴，漸漸不能呼吸。

難道自己就要徹底死在這裡嗎？ Ace 開始因為不能呼吸眼前變黑，那一瞬間，他心裡充滿了怨恨與不甘。

陳牧師眼裡也閃現過一絲可惜，畢竟 Ace 本跟他無怨無仇，只是可惜，這小子一開始就站在了對立面，所以再可惜，他也只能「肅清」了！

陳牧師眼神變狠，打算徹底了結 Ace 時，嘭的一下，甚麼東西一下撞向了他的手臂。

陳牧師瞬間脫手，鬆開了手裡的 Ace。

而他自己，則在那樣強烈的撞擊下，直接撞翻了附近好幾輛車，他捂住胸口，嘔的一聲，吐出一口血。

他擦了擦嘴角的血，如毒蛇般的眼陰惻惻看向襲擊自己的方向，但當視線中，出現了襲擊者時，他的瞳孔因疑惑而微微收縮了一下。

因為撞開他的居然是素無交集的獨眼怪男——阿龍。

「砰！」

這時候一邊警察開始向陳牧師開槍，陳牧師又看了阿龍一眼，眼見事情發展偏離他原意，沒有好處，便甩了把袍袖，選擇撤退。

「你⋯⋯？」Ace攤在地上，大口呼吸幾口後，才吃力地發出聲。

因為他也想不到阿龍會突然出現。

但他眼底卻是充滿戒心的，因為他也不知道對方是救下了他，還是純粹狗咬狗骨。

「砰！砰！砰！」

眼見警察轉而向自己開槍，Ace乾脆也不作久留，撤退離開現場⋯⋯

在典雅的燈光下，由歌劇廳緊閉的大門內傳出竊竊私語的聲音，也許是隔了門的緣故，傳出來的聲音顯得有些遙遠，彷彿來自另一個世界，更別說這時候門把上方，顯出了一隻青白色、佈滿著恐怖刺青的手，襯得這大門更是多了幾分詭異。

那隻手握住門把，緩緩施力，就這麼「吱嘎」一聲，門徹底被推開，同時裡面的竊竊私語也與此同時被截斷了。

青白的手的主人子晴，偏了偏頭，掃視門內的情況。

他發現裡面的參加者少了一大部分，除了是因為上次都市傳說中有不少人死亡，最重要的是，陳牧師和他的信徒都沒有在這裡，所以顯得更加少人了。

「奇怪啦，個牧師今日唔嚟？」子晴疑惑。

自從所有天數的人都一起遊戲後，那個陳牧師每次都是最早到，對烏鴉的尊敬也是殷勤得讓人覺得嘔心造作。

眼下卻不在，不得不說讓人感覺有幾分異常。

「佢唔嚟咪仲好。」Rose 真是被那個牧師煩死了，眼下沒人再給他們找麻煩，她高興還來不及。

「我係怕……」子晴抿了抿嘴，隱晦提醒。

「你係怕事有蹊蹺？」大寶卻乾脆說了出來。

子晴點了點頭，「你諗下，個牧師將每星期嘅遊戲都當成朝

聖咁，除非……佢今日有其他更加重要嘅事要做。」

大寶眼神一眨，似有所思，但他選擇了沉默。

「哎吔！阿晴你終於喙喇！」一邊陸金湊上來，有些諂媚地跟子晴打起了招呼。

陸金這是吹起甚麼風了？子晴自認跟這個陸金一向沒有兩句，但後者突然在他眼前冒頭，子晴忍不住微微皺起了眉。

「喂新界佬，咩阿晴呀，同你好熟呀？」Rose 是個直性子，直接出言不遜嘲諷。

這話一出口，大家都將目光注視過來，就連一向事不關己的凌志剛，也叼著嘴裡的雪茄看了過來。

陸金這時就顯出了混黑道的厚臉皮，他搓了搓手，嘿嘿笑著說：「子晴呀，你唔好睇我個樣咁，其實我份人行乜嘢，我一直都睇好你㗎！尤其是上次，哇，個牧師想搵你麻煩，但成班人都吹你唔脹……」

子晴聽陸金還想繼續瞎掰，恭維自己，忙抬手，「可以啦，唔好兜圈好嘛。你想點？」

　　陸金被直接打斷話也不生氣，反而哈哈大笑，「好！夠爽快，我鍾意！查實好簡單，我想你今次讓一讓 Kanna。」

　　坐在座位上的 Kanna，這時轉個頭來，拉下口罩對子晴微笑了一下。

　　「咁對我有咩好處？」子晴倒是不急於拒絕，那張厭世的臉上難得浮現出一絲感興趣的意味。

　　「好處自然多囉！嗱，你肯應承，大家即係朋友，你幫下我，我幫下你，今次你讓畀我哋，下次我哋讓返畀你。」

　　「你意思係話，我要你讓我，我先贏到？」子晴忍不住扶額，他真的是低估了陸金的厚臉皮。

　　「邊係呢！我當然知阿晴你雖然低調，但實力絕對唔講得笑，但你又諗下喎，個陳牧師成日搞你，上次連嗰個獨眼龍都加入埋一份，咁多人想搞你，如果再多一個嘅話……」陸金乾脆大咧咧承認了自己的無恥，跟子晴剖析。

　　這個子晴自然有察覺，他在遊戲內外一直有被人觀察。

　　哪怕跟其他天數的人一起進入遊戲後，他一次都沒有勝出過，但是他那身搶眼的刺青，和不祥的力量，他想蓋也蓋不住，所以

暗地裡，一直有很多人對他有所忌憚。

陸金就是吃定了子晴樹了無數敵人的處境，所以才大搖大擺地找上門來，不要臉地跟人提條件。

此時此刻，陸金那笑容可掬的態度下，藏著無數險惡用心，他根本不會去想子晴有拒絕他的可能。

然而子晴還是讓陸金吃了檸檬。

子晴打了個哈欠，懶洋洋地道，「唔好意思，要你咁操心。但其實我OK，你哋有幾多人即管一齊上，慳返我逐個逐個搵出嚟嘅時間。」

子晴用輕飄飄的語氣，說出如此狂妄的話，讓陸金整個人都愣住了。一旁Rose和大寶聽到子晴的話後，都忍不住笑了出來。

但陸金還是有自己的盤算，他忍住內心的破防，哈哈笑著向子晴豎起了大拇指，「好！夠沙泡！真不枉我睇好你！贏盡！」

「唔敢當。」

接著陸金邊笑著回到座位，好像一點也不受影響，但是他眼底的陰霾，卻出賣了他此刻的壞心情。

眾人皆坐定位置，靜靜等著都市傳說體驗的開始。

慢慢地，燈光變暗，只剩下舞台上的燈光，大家下意識紛紛屏住了呼吸，因為烏鴉即將要介紹今次的主題了。

子晴這時捏了捏身側的手，他看過了，陳牧師真的不打算來，而且還有那個阿龍也是。

忽而隨著「啪」的一聲輕響，一束光打在舞台的布幕上，畫面不斷跳轉，就像遊戲選擇關卡一樣。

「呱呱——！歡迎各位蒞臨都市傳說體驗館，我係你嘅遊戲導賞員，Diana。」熟悉的開場白自布幕前的烏鴉響起。

「今日我想同大家分享一個埃及嘅都市傳說。」烏鴉神秘地說，「故事首先要由 1922 年講起，當時一個英國考古學家喺埃及發現咗個保存得好好嘅法老陵墓，而呢個陵墓正正係屬於好出名嘅圖坦卡門法老。」

「本來呢個發現，呱呱，震撼咗全個世界，因為呢個法老生前奢華嘅生活、數之不盡嘅金銀珠寶同埋古跡，經歷咗三千年嘅漫長歲月，終於重見天日。」

「正當大家仲沉醉喺考古大發現之際，隨之而來嘅係一連串

恐怖嘅事件。」烏鴉壓低了聲音,「呱……首先係參與發掘嘅考古人員竟然接連死於非命,全部都喺陵墓見光後短時間內發生。更加奇怪嘅係,就連當初只係負責出資考古嘅富商,都發現死咗喺間酒店裡面。」

「加加埋埋,一共有 22 個人都因為同挖掘法老遺骸有關而先後死亡,而且死因不明。」

烏鴉環顧四周,裝模作樣在確認沒有人偷聽,然後才說,「呱呱,呢一連串巧合到接近恐怖嘅事件,令到『法老詛咒』開始流傳……大家都認為墓穴裡面一直有住某種遙遠而邪惡嘅力量,一旦後世有人踏足,無論之後身處幾遠,都會中詛咒而死……」

「講到呢度,我諗大家都已經知道,呱呱,今次要體驗嘅都市傳說主題就係『法老詛咒』!」烏鴉宣佈道,揮了揮翅膀,畫面隨即定格在一個金字塔的剪影。

> 過關條件,
> 破解法老詛咒。
> 分數獎勵,9000 分。

話音方落,眾人發現,舞台的正中央出現了一個巨大漩渦。

這時候,附近忽然傳來一聲罐子被拔開的聲音。

　　接著人影聳動，整個歌劇廳騷動起來，刺眼的白色強光瞬間襲向觀眾席眾人。

　　「啊——我對眼！」大家相繼在慘叫。

　　唯獨子晴一早便察覺出不妥，所以他一早就記住在場所有人的位置。

　　所以哪怕強光在前，他無法視物，也仍然精準地撲向其中一個參加者，並壓住了他。

　　白光漸漸消散，除了子晴，陸金和凌志剛也分別制住了一個遊戲參加者。

　　「喂細路，你搞咩呀？我眼淚水都標埋出嚟啦。」陸金不斷眨著眼，一臉不解。

　　Kanna用手拍了拍陸金的肩膀，示意他看向舞台的方向，「你望下嗰度。」

　　只見舞台上原本湧動的漩渦已被晶體完全封閉，不知道是在場哪個人的傑作。

　　居然切斷了兩個世界的交匯，以此手段阻止所有人進入遊戲。

「咁有用咩？除非……」

「除非佢哋有人已經入咗去。」Kanna 把陸金的話繼續說下去。

實際上，這個策略的用意十分明確：若有人已經進入遊戲，隨後封閉入口將確保他們在遊戲內沒有競爭對手。

「又幾好嘢，得自己友喺裡面，咁咪冇人同佢哋爭。」陸金倒佩服這思路。

「你，快啲將所有嘢變回原狀！」子晴對著被他壓制住的人說。

「冷靜啲，你搵錯人啦，我根本冇咁嘅能力搞出嚟。」那人說。

「咁即係你啦？」陸金問向他壓制住的參加者。

「殺咗我囉，我做得出就預咗。」那人倒是仰著脖子，一副死豬不怕滾水燙的模樣。

凌志剛本來也壓住了一個參加者，但他不知為何，這時卻忽然鬆開了。

「咦，你唔打算問埋我嘅？」那個本來被凌志剛壓住的參加者忍不住犯賤地問。

「因為我唔想同你嘥口水。」凌志剛低頭笑了笑，「你哋三個都唔係。封住道門嘅人，亦即係你哋嘅隊友，而家已經喺晒遊戲裡面。」

「你憑咩話唔係在場嘅人，你咁講，會唔會係想擾亂其他人呀？」那人卻反駁了，她的眼底藏著分化眾人用意，在凌志剛這個人精面前，卻一覽無遺。

「想拖延時間？好，我做好人幫下你。」凌志剛點燃手裡的雪茄，大有陪對方玩到底的架勢。

「咁由邊度開始講起好？不如就，我同大家介紹下你哋，你哋本身係星期三嘅參加者，雖然實力唔算最 Top，但 Teamwork 唔錯。呢個『大氣碳化結晶』嘅能力，係屬於你哋嘅 Leader，佢個名係⋯⋯如果我冇記錯，應該係 Amber。」

那人被凌志剛認出是星期三的參加者，已經怔了怔，此刻連隊長的能力和名字也被當場踢爆，她更是如臨大敵，當場嚇出了冷汗。

該死的，這人不就是個商界名人嗎？只知道他有錢，沒想到

背後原來還收集這麼多情報！

「唔好話我話，你哋玩咗呢個遊戲有幾耐呀？有冇一年？」陸金忽然上前，拍了拍那人的肩，一副大哥過來人語氣，嘆氣道。

「我覺得呀吓，你哋好似唔係好了解呢度，唔係好了解Diana。你話係咪呀？Diana——」陸金突然扭頭望向台上的烏鴉。

烏鴉沒有説話，反而用那豆子似的眼看了看漩渦上的結晶。

這一看，凝固住的結晶忽然整個碎開，嚦哩啪啦散落一地。

「發……發生咩事？」他們都呆了。

「Diana 唔會畀任何事干擾遊戲。再有下次，小心……哈哈哈。」陸金沒有説完下半句，只留下飄渺的笑聲，轉身跨入漩渦。

Kanna 也笑著跟上。

「九千分嘅遊戲，勸你哋都快啲，如果唔係準備定幫你入咗去嘅隊友收屍。」凌志剛扔掉手裡的雪茄，然後跨入漩渦。

「子晴？」大寶叫了叫好像在發呆的子晴。

「嗯，我哋都入去。」子晴微微頷首。

其實，子晴剛才不是在發呆，而是在想陸金的話。

陸金說得沒錯，Diana 確實不容許有任何事情干擾遊戲進行。

之前 G 計畫要殺死 Diana，Diana 明知道卻也繼續讓遊戲舉行，彷彿沒有甚麼能比遊戲進行更重要，只要遊戲能如常，好像就算要 Diana 死也不是不可以。

所以子晴在想，對於 Diana，遊戲到底是怎樣的存在？值得 Diana 不惜為此付出⋯⋯

時間回到幾分鐘前。

Amber 在漩渦入口被完全封住的一刻前，她臉上掛著得意的笑容，踏入金字塔。

但一進來，裡面的景象卻讓她驚訝不已，哪怕這不是她第一次進入 Diana 所構築的空間。

因為整個金字塔內部，簡直像一個千變萬化的扭計骰，裡面

的走廊，或者說整個內部空間都不斷在變。

等 Amber 意識到不對勁，想拉著隊友和自己一起拚命地跑時，金字塔詭異變換間，一道石牆猝不及防地拔地而起，她只來得及躲避，不等她喘口氣，就發現自己與隊友天人分隔。

石牆出現得太突然，隊友因為躲避不及，直接被卡在牆縫之間，半個身子更是鮮血如注。

血透過牆縫，滲透到 Amber 這一側，讓她頓時看得雙眼發熱，手下意識抬起，想要去用分數施救。

但隔著一道牆，卻傳來隊友聲嘶力竭的大喊，「走呀，唔好理我！我哋所有人贏唔贏到，就靠你一個！」

Amber 咬了咬牙，只能逼自己硬下心腸轉身。

畢竟為了這次的勝出遊戲，她和整隊人已經處心積慮謀劃了很久，所以此時此刻，她不能因為一時婦人之仁，將唾手可得的勝利機會拱手讓人。

抱著如此決心，Amber 握緊了兩個拳頭，沿著眼前狹長的墓道立時快速奔跑。

隨著她快速奔跑，她四周環境也以不可思議的角度變幻莫測，尤其是她此刻奔跑的墓道正以扭曲斜向下的角度延伸，這讓奔跑在其間的 Amber 總有一種下一秒就會踏空的錯覺。

她於是跑得更快，眼角餘光也一直留意兩側牆壁，她注意到上面佈滿了神秘的象形文字和壁畫。

但墓道卻好像是活的，變化規律更是詭異莫測。

在墓道再一次出奇轉向後，Amber 終於跟不上其節奏，只來得及「啊」的一聲尖叫，就徹底一腳踏空！

隨即她便急墜而下！

Amber 很害怕，以為自己死定了，沒想到她很快腳便踏到了實地，來到一個寬闊而莊嚴的空間。她平復下心情，環顧四周，發現這是一座古老的殿堂。

牆上雕刻著栩栩如生的壁畫，描繪著一位威嚴而英勇的法老，以及法老皇后。

殿堂正中央矗立著一座巨大的石棺，四周環繞著巨柱和雕像，每個雕像都手持不同的器物，彷彿在守護著石棺裡面躺著的人。

Amber 仰視著眼前這具石棺，看著上面繁複的銘文，心跳得很快。

因為直覺告訴她，這就是這次都市傳說體驗的終點——

那位法老長眠的石棺！

她深吸一口氣，手輕輕搭在石棺邊緣。眼下，只要她打開石棺，那她隊伍為這次遊戲所作的一切努力都將得到回報！

此時此刻，寶貴的九千分獎勵就在眼前。

有了這些分數，她就能讓所有人都刮目相看。更重要是，有了分數，她就能還清欠下的巨債，甚至讓家裡所有人都脫貧，再也不用為錢發愁。

一片火光的映照下，Amber 的嘴角忍不住越張越大，終於她屏住呼吸，懷揣著內心的狂喜推開了石棺棺蓋。

隨著棺蓋發出的摩擦聲響，光線爭先恐後地從棺縫中湧入，因為棺蓋過於沉重，所以 Amber 不得不用腳撐住地面，後背頂著棺蓋使勁推，然而當她徹底把石棺打開，卻一臉充滿了不可置信。

因為她發現棺內竟然空空如也。

沒有傳說中的法老，更沒有甚麼寶藏。

深深的失落感滲入了 Amber 的內心，但畢竟她不是第一次參加遊戲，很快就調整好心情，同時也為自己如此魯莽的行為，卻沒有招致禍端而暗自慶幸。

殊不知，她才露出鬆懈的表情，她扶在棺身上的指尖就突然感到一絲異樣。

她下意識低頭一看，發現一隻黑色的小甲蟲正沿著她手臂快速爬行。

Amber 也不是那種會被蟲子嚇到的小女生，揮手不在意輕輕拍掉了甲蟲。

但甲蟲落下瞬間，像是點燃了甚麼訊號，黑壓壓一片的甲蟲不知何時，竟聚集在她的腳邊，甲蟲振翅的聲音吱吱地響起，Amber 無法不去注意，但這麼一看卻不得了，一隻隻甲蟲竟爭先恐後從她的衣袖和褲口中湧入。

Amber 慌張地拍打著身上的甲蟲。

但拍落的數量，遠遠比不上朝她潮水般湧來的數量。

而且它們的數量越來越多，彷彿無窮無盡一般。

Amber 眼底爬滿了恐懼，她此刻臉色簡直慘白如紙，毫無半點血色。

極大的恐懼隨著甲蟲鑽進她的衣服後，爬在她的皮膚上，甚至在她發麻的頭皮中竄動，狠狠地撥動了她的神經。

這讓她陷入極大恐慌或者說是崩潰，她開始瘋狂地拍打、拂拭自己的身體，拼命想要擺脫這些噁心東西。

可是「嘶啦」一聲，皮肉被穿破的聲音清晰傳入她耳裡，Amber 整個人蜷縮起來，因為一股劇烈的疼痛從她的腹部傳來。她的喉頭不受控制地抽搐著，在火把的光線下，她驚恐地發現，有一隻小甲蟲從她喉嚨裡爬了出來。

Amber 眼前一黑，整個人都有一種被掏空的感覺。

因為她死到臨頭，才意識到那些甲蟲早已經鑽入了她體內，眼下從她體內爬出，只是因為消化完她體內的內臟。

Amber 脫力跪倒在地上，她眼睛看向的方向，正是棺蓋銘文上寫的：

誰擾亂了法老的安眠，死神將張開翅膀降臨那人頭上。

但她的眼睛已經徹底失去了聚焦。

更多的甲蟲從她的七竅中爬出，轉瞬間就淹沒了她的身體。

Amber 沒有想到，她犧牲隊友換來的遊戲優勢，最終還是因為一次疏忽，讓自己永遠留在了法老的墓穴。

而另一邊──

子彈劃破空氣，只留下尖銳的呼嘯聲。

Rose 穩穩地握住了她那把幾乎與她身高等長的巨大狙擊槍，透過瞄準鏡，將一個個木乃伊收入眼底，扣動扳機。

一發接一發的精準射擊，木乃伊們接連倒下，終於，前方已無一個能站立。

「好啦，跟住點做好呢？」Rose 放下狙擊槍，環顧四周，發現自己仍被困在這個密室內。

現在就使用空間轉移能力？但是她不知道座標，下一秒她出現的地方，很有可能會在牆體裡面，又或者在熔岩之中，把自己葬身在這裡。

因為空間轉移能力雖然有效，但在 Diana 的空間中使用會尤其危險，歸根究柢，這裡根本不存在座標的概念。

正當她躊躇間，密室突然發生了微妙的震動，接著，整個空間似乎旋轉起來，Rose 糊里糊塗間，就被帶到另一個密室空間——

一個室內柱廊。

她腳跟一轉，眼尖發現一個 Polo 恤衣著的男人正背身站在不遠處。

「係你？」Rose 馬上舉起槍指住他。

「我仲以為係子晴㗎，唔通計錯？」男人轉過身，他嘴裡叼著雪茄，正是上次遊戲的勝出者——凌志剛。

「你喺度等緊子晴？想做咩？」Rose 把槍口抬了抬，威脅力十足。

凌志剛抬起雙手，聲音平和道：「唔使緊張，想傾下偈啫。

我冇興趣理你哋想對 Diana 做啲咩，你哋唔使將我當成係嗰個牧師咁防範我。」

他頓了頓，又繼續道，「當然，和平共處嘅前提係你哋唔好阻人發達……」他勾了勾嘴角，「講白啲，我都需要願望，你哋有咩想做，等我做完先都未遲。」

Rose 嘖了一聲，根本不把眼前的斯文敗類放在眼內，「咁你可以慳返，我勸你都係早啲放棄願望好過。」

「放棄願望？」這個說辭已經超出凌志剛認知，他皺了皺眉，有些費解，「今時今日你企喺度，問心嗰句，你真係冇願望想實現，無欲無求？其實你同我一樣，都想遊戲繼續喺度。」

Rose 才懶得跟他囉嗦，這偽君子習慣打聽消息，所以她沒好氣地說，「唔好怪我唔單聲，再亂講，小心個頭變蜜蜂竇。」

這話聽在凌志剛耳裡，分明是被看穿而惱羞成怒的跡象，他忍不住輕笑了聲，「畀我講中咗？」

「我唔會再講第二次！」Rose 也不知道這男的接下來要說甚麼鬼話，她忍不住激動地拉起槍栓。

凌志剛卻根本不怕，反而繼續娓娓道來：「認咗佢，你嘅願

望就係都市傳說體驗館。只要佢一日喺度，你就可以大條道理繼續同子晴一齊，做正義嘅夥伴。但冇咗佢，冇咗遊戲，從此天下太平，你就要返返去以前嘅日子，冇屋企、冇朋友……」

「去死！」

砰——！子彈毫無徵兆地出膛，朝凌志剛的位置直擊而去！

但就在子彈要穿透他腦門的瞬間，卻落空了。

因為凌志剛忽然不見了，子彈只掃到了空氣。

Rose 猶在怔住，她不知道凌志剛的能力，就是能夠借用他人的能力。

其中一個借用過的，正是 Kanna 的「注意力操縱」，所以他也變得像 Kanna 一樣，能夠自由操控周遭的注意力，讓他在眾目睽睽之下，仍舊不被察覺。

Rose 的「絕對命中」，卻依賴於對目標的注意，使得她的子彈也同樣失了效。

Rose 下意識往後退了一步，眼神則充滿警備四處觀察。

「其實你都好驚……」凌志剛又重新出現在了原地，他看著眼神明明如小鹿般驚慌，卻強裝灑脫的 Rose，忍不住道：「好驚都市傳說體驗館真係有咗，然後子晴就唔再理你，你又變返孤伶伶一個人……」

「收聲呀你！」

一槍又是射了過去，這時凌志剛都不需要再操縱注意力，因為柱廊突然空間轉動，把他和 Rose 分隔開了。

凌志剛這次來到了一個巨大的地下空間，他放眼看過去，周圍有大量埃及士兵陶俑排列在這裡，活像秦始皇陵一樣，每個陶俑人臉都栩栩如生。

似乎鬧出大一點的動靜，陶俑臉上的泥土就會簌簌掉落，露出真正的人皮肉臉來。

當凌志剛目光徘徊，掃到某一處時，他笑了。

「原來唔係計錯，只係 Being late。」凌志剛看著不遠處的子晴，嘴角揚起愈發得意的笑容。

子晴被凌志剛神經般自言自語刺激到了，他馬上戒備起來，全身的刺青也跟著瞬間覆滿肌膚。

「既然你知我想點，咁我都唔嘥口水。」凌志剛見識過這刺青的威力，手裡也馬上憑空出現一把日本武士刀。

「我一向唔太鍾意近身肉搏，覺得太低 Level。但對手係你，就有辦法了。」凌志剛看著刀背，眼神如同含情脈脈的注視著情人。

但很快他的眼神變了，而他這時也忽然消失了。

等子晴意識到不對勁，想要轉身時，他的背後竟詭譎出現了正高舉武士刀的凌志剛。

此時此刻，無數埃及陶俑見證下，凌志剛迅速落刀，子晴後背馬上被劈出大量鮮血。

子晴痛苦地悶哼出聲，顧不得傷勢，立即轉身揮出充滿腐蝕不祥之物的拳頭，凌志剛這時卻沒有硬接，反而敏捷地後退躲過。

「只要唔好掂到嗰啲黑色嘢，其實都冇咩好怕。」

凌志剛的話彷彿從四面八方傳來，他再次消失不見了。

鬼魅般的刺青下，子晴那張臉顯得格外冷峻，顯然是為對方捉摸不清的行蹤而煩躁。

　　凌厲的刀光再次憑空閃現，子晴一個踉蹌，哇的吐出了一口血，身上的詭異黑色彷彿也被削散了些許。

　　「睇嚟我仲係慢咗……」凌志剛忍不住微微嘆息，但子晴卻猛地顫慄，下意識伸手向自己左側揮去。

　　這一次，他觸碰到了實物。

　　子晴雖然手心當即鮮血淋漓，但他確實握住了那把沾著他血的刀鋒。

　　凌志剛卻不以為意，因為這是他故意露出的破綻！

　　他微垂下眼，另一手卻多了另一把刀，快狠準撲哧又撲哧，白刀子進紅刀子出，將子晴身上劃下一道又一道血痕。

　　子晴難耐發出痛呼，他眉頭卻死皺，手腕猛地一扭轉，把握住的那武士刀刃調轉了方向，用力地朝凌志剛刺去。

　　子晴反應的動作確實很快，那刀尖刺開了凌志剛皮肉，終於讓凌志剛感覺到了痛。

　　但凌志剛卻很懂得進退，乾脆連刀都不要了，忍著痛把刀拔出，再一次消失了身影。

這次，凌志剛很久都沒有動靜，子晴眼神緊張地環顧四周，失血過多開始讓他身體不穩，但饒是如此，他也緊抿著唇，抬著那張爬滿刺青的臉，時刻留意周圍。

很快，刀劃地的聲音在後方響起，子晴猛地一轉身，那方才被扔掉的武士刀居然不見了。

「唔對路。」子晴剛想盡快拉開距離，卻有人在他耳邊低喃，「Game over——」

子晴心頓時沉到了谷底，眼前隱約有無數道刀光閃過，割開空氣又似乎觸及他的影子。

意識正在迅速流失，視線也開始模糊。子晴後背猛地撞上一個陶俑，癱坐了在地上。

此時此刻，他衣衫襤褸，露出的皮肉都是恐怖刀傷，甚至隱約見骨。

「再唔用分數處理嘅話，你就要死喇。」凌志剛突然驚覺失言般，拍了下自己的嘴，「我講咗啲咩，我點會畀你有機會用分數呢？」凌志剛眼神猛地一冷，豁然再次舉起刀。

但這時候，刀身上映出的狼狽身影突然抬起頭，一句：「為

咗咩？」

讓凌志剛的動作僵在了那裡。

「為咗咩而參加遊戲？」血模糊了子晴的臉，他的眼神卻亮得驚人，他再一次重複問。

「一個就快死嘅人，知道咁多做咩？」凌志剛垂眼看著子晴的眼神，猶如看砧板上的魚肉。

但他才高舉了刀，卻又忽然如洩氣般放下。

「我要得到凌家嘅所有，就要靠 Diana 嘅願望。」

「哦？」

也許是斷定面前的人死期將至，而死人往往最會保守秘密，所以凌志剛才鬼使神差開了口，「我受夠做凌家隱形人。得到凌家嘅一切，只係對我咁多年嚟嘅補償。」

「就只係為咗呢啲？」

凌志剛看著面前那張失望的臉上，掠過一絲詫異，他笑了，笑對方年輕入世未深，還不知錢和權力的厲害。

「你依家未必會明，但你都冇機會知道，錢同權力可以將人變成點。」

「哈哈哈……」子晴猛地彎下腰，他笑了，哪怕這讓他身上血流的速度加快，但他還是不顧，笑出了聲。

「得啦，唔使擺出一副咁嘅樣，你冇擁有過權力，你唔會明白。」凌志剛卻渾不在意自己被嘲諷利慾薰心。

沒想到是，子晴倏然抬起頭，吃力抹了把嘴角溢出的血，卻說：「唔係，我唔係笑你……我只係覺得……」

子晴抬起頭來，無神雙眼，空洞洞看向某一處，好似自言自語般，「我高估咗你，高估咗你嘅惡意。」

凌志剛皺眉，感覺到子晴狀態不太對勁，立即揮刀劈下。

但是，已經太晚。子晴身上的氛圍突然變得沉重，周圍空氣似乎凝固，形成一種無形的壓迫感。那不再是可見的黑色氣息，而是一種深沉的暗流，狂亂地伸向凌志剛。

那暗流彷彿純粹的惡意，企圖腐蝕眼前的一切。不過一息，它似乎穿透了凌志剛的抵抗，觸及了他的肌膚，沉沉地浸入他的血脈之中。

　　凌志剛動彈不得，那無形的力量悄然蔓延，似乎在侵蝕著他的存在。與此同時，子晴身上的刀傷也不可思議開始逆轉，在慢慢癒合。

　　這股看不見的暗流，它的侵蝕力如此強橫，轉眼間，凌志剛已奄奄一息，連站立的力氣都沒有了。

　　「魔⋯⋯魔鬼⋯⋯」凌志剛嘴角流出血色的吐沫，虛弱地呻吟著。他那原本運籌帷幄自信的雙眼，此刻呈死不瞑目狀，突著眼珠，死死地盯著眼前這個被邪門力量支配的「人」。

　　直到這時，子晴空洞泛白的瞳孔才重新亮起光彩。凌志剛軟綿綿地倒在地上，已失去意識。

　　子晴迷茫地眨了眨眼，顯然對剛才發生的一切毫無印象。他剛想開口說些甚麼，卻感到一陣天旋地轉，體力透支的他隨即倒地不起。

　　但藏在遠處陶俑後方的大寶，卻目睹了整個過程，他默默退後，慢慢將蔓藤收回花盆之中⋯⋯

　　法老的墓室裡。

輕而有力的腳步聲再次響起，在古老的牆壁間迴盪。

顯然又有人來到了此地。

地上還倒臥著 Amber 的屍體，來的那人蹲下來查看，屍體表面沒有任何傷口，面部表情卻猙獰，尤其是嘴巴，張得比一般死者都要大。

「睇嚟條女係嚇死嘅，可惜啦，係有啲小聰明，就係太魯莽。」陸金搖了搖頭，繼續查看著屍體。

他翻過 Amber 的屍體，竟發現屍體下埋著一個不明裝置，計時器上的數字正在倒數，旁邊連接著一些電線和電路板，看起來像是某種計時炸彈。

「唔好郁。」這時墓室暗角有人走出。

「我就覺得奇怪，點解會聽到其他哮氣聲呢？」陸金笑笑，舉起手投降，但他的無名指卻微微向下彎了彎。

那人是 Amber 的隊友，見狀，他一手舉著槍指住陸金，一手拿著炸彈的引爆器：「唔好玩嘢呀陸金。你估你屈手指快，定係我撳爆個炸彈快？」

「好好好，唔玩嘢。所以，你想點？」陸金聳了聳肩問。

「好簡單，你去打開副棺。」那人把槍對陸金腦袋舉了舉。

「打開副棺？你想我死呀？你睇唔到你隊友嘅下場？」陸金忍不住皺眉搖頭。

對方卻氣定神閒，他說：「好，隨你，你可以唔打開，但畀我一槍打死，咁就唔好怪我。不過，如果你打開副棺，或者仲有一線希望會冇事。」

「然後你就趁住我打開棺材，睇下會發生咩事，再諗計去破解。就算破解唔到，都可以借詘咒殺咗我，嘻嘻。」陸金都氣笑了，沒想到遊戲裡的人一個比一個無恥，他一個真無賴也無語了。

「你知道咁仲問？」那人斜眼看來，顯然耐性不多。

「好好好，細佬心服口服。我認輸，你想我打開，咁就打開囉。」陸金乾脆笑嘻嘻安撫。

「你而家慢慢企起身，手唔好有多餘動作。」那人卻仍眼神警惕，他慢慢往後退，槍口始終對著陸金，直到距離安全了，他才發號施令。

陸金意外地很配合，他慢慢站起。

「然後慢慢打開個棺材。」那人繼續說。

陸金點了點頭，伸手探向石棺。

那人緊緊地注視著陸金伸手過程，但突然在快摸到石棺時，陸金突然轉頭說：「我有一個問題。」

這緊要關頭，陸金居然來這麼一招，那人忍不住爆粗。「小喇叭，你而家係咪玩嘢呀！你真係唔信我會揿爆個炸彈？」

「唔係，唔係！我絕對相信大佬你有呢個膽量。但係我真係有問題想問，事關重大。」陸金努力瞪大眼，想讓自己顯得無辜又老實。

那人低罵了聲，沒好氣說：「你要問咩？一次過問埋佢。」

「我只係想問，我負責打開副棺材，咁Kanna負責做咩呢？」

「Kanna...？咩呀？」

「Kanna喎，大明星喎，你居然唔識佢？你而家擰轉頭，企喺你後面嗰個靚女，就係Kanna。」

「後面？」那人滿臉問號。

他確認過，這裡只有他跟陸金兩個人，哪來第三個人？

這混蛋是不是在小看他？一想到這，他頓時火冒出來，直接拉開槍栓，打算給點顏色陸金看看。

可是突然他眼前一黑，撲通倒下了，手裡的槍自然也滑落到地上。

Kanna 按停了炸彈，擦了擦鼻血。

「你冇殺死佢嘛？」陸金關切上前，笑著問。

「我似咁戇居？暈咗啫，我先唔想畀人扣分。」Kanna 走過去。

「我真係想講好耐，你呢個能力真係換得好……好……哦媽（Smart）！」陸金絞盡腦汁地想了老半天，終於才擠出這個英文字，「喺舞台度所有觀眾只注意你一個，喺呢度，一樣係你嘅舞台，不過變咗所有人都注意唔到你，為所欲為。」

雖然陸金愛把 Kanna 捧到老高的，故意說得誇張了幾分，但他心裡確實認為這注意力操縱很適合 Kanna。

「你呢啲說話留返俾第二個。而家點,你要打開副棺材?」Kanna 繞著石棺踱步起來。

「其實我已經有啲頭緒,去破解個詛咒……」

「哦?咁你講下有咩辦法。」Kanna 挑了挑眉,雖然她很厭煩陸金,但卻不得不承認對方是有點手段在身上。

「你信唔信我?」陸金突然正色了。

「信你?」Kanna 只覺得好笑,他們兩人只是互相利用的關係,他明明心知肚明。

「信,梗係信啦。」Kanna 卻違心笑著回答。

「信就得。我話過今次遊戲界你贏,就界你贏,我陸金向來講過算數。」

說話間,陸金眼神變了,他右臂驟然抽搐,肌膚瞬間長出濃密毛髮,手指變得粗壯有力,宛如一隻猿猴之手。

他深吸一口氣,猛地折斷了一根手指──

Kanna 只聽見斷骨聲落,一道耀眼的光芒籠罩住了自己,她

下意識合上了眼。

等到眼睛適應了光後，她才慢慢張開眼。

此時此刻，她不再是那個穿牛仔褲的 Kanna。

濃重顏料塗抹的豔麗妝容，華貴的頭飾，曳地的綢緞長袍，她現在無一處不精緻，無一處不彰顯她高貴的身份——

「埃及皇后，不得了，你真係同牆上面畫嘅一模一樣！」陸金難掩讚嘆的眼光。

陸金忍不住跪在她的腳下，親吻她腳前的地面，如同最忠心的奴僕般請求道，「我嘅皇后，請你打開面前嘅棺蓋啦……」

丹蔻如同撫摸情人的肌膚般摸上了棺蓋，棺蓋隨之慢慢自動打開，剎那間，一股強烈的能量頃刻間席捲了整個墓室。

四周的景象開始扭曲，彷彿時光倒流，讓人再次回到了幾千年前的古埃及。

眼前，金碧輝煌的王座大廳展現在他們面前。

同樣一身華服，頭戴王冠的圖坦卡門法老從寶座上踱步走下

來，走到 Kanna 面前，然後他抬手，Kanna 眼神怔怔，卻忍不住把手交給他。

隨即她的手裡多了一些東西。

幻象持續了片刻，接著，一切又回復了原狀。

他們重新站在陰暗的墓室中。

石棺裡面甚麼寶物都沒有，只有一具發黑的屍體。

Kanna 的手上卻多了一個黃金容器裝住的彩妝品。

「本次體驗已經結束，每位參加者將會喺一分鐘後返到原本嘅世界。」

都市傳說體驗館3

#Sin.4 地獄①

下午三四時的彌敦道，車輛在紅綠燈前排成了長龍，靜靜等待著。突然，一輛不起眼的七人車打破了寧靜。只見那車車窗大開，震天響的重金屬音樂從內傳出，引得路人紛紛側目。

「Rose？」大寶一邊等候著燈號，一邊問坐副駕駛座的Rose。

「嗯？」Rose調低了重金屬音樂，扭過頭看大寶。

「我話，Ace嗰邊好似出咗事，我想過去睇下佢。等陣到咗，你一個人送子晴上去得唔得？」

「得呀。Ace條友仔搞咩呀？」雖然Rose經常嫌Ace煩又好色，但到底心裡還有這個同伴，所以Rose忍不住關切地問，只是語氣故意凶巴巴的。

「佢冇咩事嘅，而家仲聽到我電話，即係一時三刻都死唔去。」大寶故意開玩笑道。

「嘖，空歡喜一場。」Rose撇了撇嘴，眼神卻忍不住再次看向窗外，小小放空。

車窗倒映出那張濃厚黑色眼影也掩不住若有所思的臉，大寶禁不住道，「冇咩嘢呀嘛？場遊戲完咗之後一直心掛掛咁嘅？」

「可能边啩。」Rose 掩飾性垂下眼，似乎真的只是累了。

「边就好好唞下，返到去，留喺天台上面，就唔會有人打攪……好啦——」大寶突然頓了頓。

這時七人車停在彌敦道一棟大廈前，外牆斑駁，窗戶密集如蜂窩。入口處，有一塊牌子醒目地標明「重慶大廈」。

「到啦。」他説。

Rose 下車，打開後座的門。

後座空間很大，而且座位搖了下去，足可躺下一個人。

而此時此刻，後座上，他們方才談話提及的子晴正闔眼，睡在那裡。

也許是因為經歷過恐怖遊戲讓他的精力已經耗盡，所以哪怕嘈吵音樂響徹全程，他也沒有醒來的跡象。

Rose 彎腰，把子晴扶了起來。

雖然個子嬌小，但因為 Diana 願望所賜讓她的力氣遠超普通人，所以把子晴弄下車對她不成問題。

「就咁啦。有咩事 Call 我。」大寶最後叮囑了一句，便輕踏油門，安靜駛離了馬路。

把子晴安置到天台屋床上後，Rose 轉身就出發去弄一盆熱水。

毛巾浸在沸騰熱水中，Rose 也不怕燙手，直接擰乾了大半，坐在子晴床邊，從臉開始，一點點擦去子晴身上的血污。

雖然子晴身上已沒有任何傷口，但是透過他破爛的衣服、誇張的血污，Rose 也能猜到他經歷了一場惡戰，登時下手忍不住更輕柔了。

她看著毛巾拂過之處，漸漸顯露出一張即使在睡夢中也眉眼掩不住疲憊的臉。她心想，子晴太搏命了，可他這麼搏從來不是為了分數實現自己的個人願望，一心只想終結都市傳說體驗館這遊戲。

他這麼崇高，但自己呢？

凌志剛的話再一次響起在 Rose 耳邊，Rose 忍不住緊了緊手裡的毛巾。

因為她被凌志剛說中了。其實她確實有個自私的想法，只要

都市傳說體驗館一日存在，她就可以繼續留在大家身邊。

因為細數她大半生，她自有記憶以來，一直都是一個人，一個人在漂泊，但進入這裡後，雖然遊戲中充滿了危險，可她卻第一次體驗到有信任的夥伴可以依靠的安心感。

這種感覺真的很讓她著迷，所以只要一想到遊戲終結，她再次回到以前的生活，她就⋯⋯

Rose 閉上了眼，眼角有掙扎的淚水溢出。

因為她真的討厭自己這個想法，覺得這是一種背叛。

「你做咩喊？」

床邊突然響起的嗓音打斷了 Rose 的思緒，Rose 忙擦了擦眼角的淚水，眼神有些躲避地說：「你先喊，我係有沙入眼好冇！」

醒來的子晴以為 Rose 是不好意思，便識趣地閉上了嘴，轉而問，「場遊戲完咗？」

「嗯，個女歌手贏咗。」Rose 答。

「咁呀⋯⋯」子晴似乎對輸贏並沒有甚麼太多執念，他臉上

沒甚麼表情，「大寶呢？」

「Ace 嗰邊出咗事，佢去咗搵佢。」

「係大鑊嘢？」子晴這時平靜的眼底才起了波瀾。

「冇事，死唔去。」Rose 把毛巾放回盆裡，清理身體已經完畢，但她卻依舊牢牢坐在床邊。

子晴看見 Rose 留下來，好像有甚麼想說，便試探地問，「你係咪有嘢想講？」

「子晴，我問你，我可唔可以留喺度？」說這話，可以說 Rose 是鼓足了勇氣，她一說完，就忍不住屏住呼吸，眼睛眨也不眨看著子晴。

子晴被 Rose 這麼一出雖然搞得有點摸不著頭腦，但看她如此小心翼翼期待的眼神，馬上說，「當然可以。」

「唔係留一晚、兩晚，而係一直一直留喺度。」Rose 表情很嚴肅，她很矛盾，一方面很期待著對方爽快答應，但另一方面卻故意要說出其中嚴重性，想要通過這樣，來證明自己在子晴心中的重要性。

果然，她賭對了。

子晴依舊很堅定地對她說，「你唔記得我之前同你講過？你可以隨時上嚟隨時走，當呢度係你屋企。」

Rose 那素來要強的臉上出現了困惑和脆弱，「屋企？我從來唔知咩係屋企，我淨係知我住嘅地方不斷咁轉，好似冥冥中一個詛咒，每當我以為要定落嚟嘅時候，我就會畀人趕走。」

子晴藏住眼底的憐惜，只是聲音更輕柔了，像是在解答小朋友的困惑般，循循善誘著說，「知唔知點解我唔住喺原本嘅地方，而要住喺呢個咁簡陋嘅鐵皮屋？因為呢度係我家姐住過嘅地方，喺呢度我可以諗起佢。所以，只要嗰個地方係你想返去嘅話，咁嗰個就係你屋企。」

「真係？」

「真。」

Rose 忍不住目光看子晴更深了，她萬般感慨著說，「你有啲地方同 BB 好唔同，佢從來唔會講呢啲嘢氹我。」

「係？」

「但係我呀，果然仲係最鍾意 BB，最鍾意最鍾意 BB 啦。」Rose 卻扭過頭。

「對唔住……如果唔係因為我，佢唔會死。」

「你知就好啦，所以喺 BB 返嚟之前，你都要對我負返責任。」Rose 就像一個很難搞的小魔女似的，她跨坐在子晴身上，像是對自己的擁有物高傲地說，但她的眼裡分明卻寫著濃重的依戀和信任。

「講到責任……恐怕我承擔唔起。」子晴吞了一口口水。

「唔怕，佢係你家姐，你做錯啲咩，佢都會原諒你。」Rose 不愛見子晴泄氣，拍了拍他的臉，試圖讓他振作起來。

「唔好啦啩？」子晴汗顏。

「你頭先對我講咗呢啲嘢，而家想反悔？好難呀。」Rose 扣住子晴那張臉，眼睛對眼睛，很惡魔地說。

夜幕降臨，城市的喧囂卻絲毫未減。霓虹燈亮起，人來人往的街道，夾雜著偶爾的車輛喇叭聲。

在這夜裡，有一處寧靜的角落，微風輕拂過外面晾著的衣衫，連帶著籠罩在鐵皮屋上的月色顯得格外柔和同時，又微妙地透出幾分熾熱來。

「我要除衫啦。」Ace 說。

「除你就除啦好無，大家男人老狗，你係咪要搞到個氣氛咁老尷？」大寶忍不住翻了個白眼。

「咁人哋又冇喺男人面前除過衫……」Ace 擺出一副無辜表情，眨了眨眼睛，「第一次嘛，緊張㗎嘛。」他站在全身鏡子前，慢慢解開襯衫鈕扣。

只見鏡子中反射出的他胸口處，有一大塊極之凶險的黑斑。

黑色霧狀物濃郁盤踞在此處，彷彿給 Ace 的胸口穿了個大窟窿，看起來極之可怖。

「陳牧師做嘅？」大寶這時正色了，一看馬上就猜到了到底是誰對 Ace 出手。

因為這些黑色物除了子晴擁有，那就只剩下陳牧師了。

「如果唔係獨眼龍半路殺出嚟，或者我真係會死。」Ace 想

到中午的打鬥，仍心有餘悸。

大寶把手放在 Ace 的胸口上，那塊黑斑便以肉眼可見的速度縮小，直至最後完全消失。

「Bro，又欠多你一次。」Ace 拍了拍大寶，試圖用俏皮的話緩解對方情緒。

大寶卻突然抬眸問，「你唔問我？」

「問咩？」Ace 摸了摸後腦勺，有些懵然。

「呢啲傷口連分數都冇辦法回復，點解我咁輕易就搞掂？」大寶拿捏著腔調，故意把話說得引人好奇。

Ace 卻不以為意地道，「你想講自然會講。」

「咁如果我唔講，你唔會懷疑我點解唔講？」大寶往前走了兩步，離得 Ace 更近了，他一雙眼也緊緊凝視著 Ace。

Ace 卻把大寶越來越靠近的一張大臉推開，笑著反問：「我哋識咗幾耐？」

「一年到啦，由你加入開始計。」

Ace 眼神略微飄向遠方，似乎在回想這段時間的點滴，「係，一年話長唔長，話短唔短。雖然試過想摸清你個底，但失敗，但我信我嘅直覺，你唔會對我哋不利。」

大寶聽到這裡，笑著說：「信直覺，得唔得㗎？咁講啦，喺想殺死 Diana 呢件事上面，我同你係一樣。」

「咪一樣咪唔一樣，我先唔理，只要個賤女人死，其餘嘅，我唔需要知道。」Ace 難得有幾分正色說。

「因為 Judy？你嘅未婚妻。」

Ace 眼中泄出複雜情緒，「如果唔係因為 Diana，我而家已經……總之佢摧毀我人生，我都要摧毀返佢。」

「放心，明白。」大寶點點頭。

Ace 不在意笑了笑，倒了杯酒給大寶。

「不過呀，我有樣嘢諗唔明。你答到就答。」Ace 說。

「講嚟聽下。」大寶小酌了一口後說。

「點解個牧師會有子晴嘅紋身？」Ace 挑起眉毛。

大寶沉吟了片刻，眼神變得深邃，「你係咪覺得，除咗子晴，陳牧師都得到 Diana 嘅力量？」

Ace 嘴角微掀，一語不發，顯然在等待著對方的答案。

「我當初都以為係，交手之後，先發現唔係。」大寶放下酒杯。

「唔係？」Ace 有點意外。

餐桌上燭光閃爍，襯得大寶的眼也顯出了幾分神秘，Ace 被其吸引忍不住坐直了身子，只聽大寶慢慢道。

「陳牧師身上嘅紋身確實同子晴好似，但依我多次觀察，就只有似，我諗陳牧師自己都唔知道佢得嚟嘅力量係嚟自『其他嘢』身上……」

燈火中，大寶這時耐人尋味地笑了。

夜已深，月色灑在天台屋床上，透過窗框投下斑駁的光影，落在床上睡著的兩人身上。靜謐的屋裡，窗戶的倒影映出的兩人中，忽然，其中一人輕輕起身，睜開了眼睛。

　　子晴看著窗戶的倒影映出了自己的臉，有一剎那，他覺得自己很陌生，不知道自己是誰。

　　因為他總是在夢醒時分出現一種極強烈的衝動，想要殺死眼前的所有人。

　　雖然最後一刻，他會倏然記起自己叫甚麼名字，猛然煞住，但這樣時不時閃過的衝動念頭，還是讓他心有餘悸。

　　因為他不知道這是因為 Diana 對他的影響，還是他本身就是這樣……

　　「只要殺咗 Diana……」

　　極熾的白光裡，一個穿西褲的身影出現其中，她的瀏海凌亂地落在臉龐，模糊了她的臉和視線，她卻也不顧，只一心將所有分數灌注到這一擊。瞬間，一道巨大的光柱傾瀉而下，臉部仍算清晰可見，但身體被光柱光線扭曲至詭譎，令所有遊戲參加者諱莫如深的女人——Diana 整個人吞噬。

　　地面在光柱的衝擊下劇烈震動，彷彿世界即將分崩離析。當一切歸於平靜，Diana 已在她面前煙消雲散。

本來應該是這樣的，似乎有人在耳邊嘆息。

G眨了眨眼，薄薄的意識像冰層下的水流，流淌過她的身體，她沉重的眼皮劇烈地顫動了幾下，終於睜開。

映入眼簾的是微弱的火光，她扭了扭頭，發現這裡的空氣帶著一種焦灼的氣味，甚至還回蕩著隱約的哀嚎和鐵鏈撞擊的聲音。

G皺起了眉，眼裡寫滿了迷茫。

她拍了拍頭，終於回想起自己的最後記憶——那是跟Diana的殊死一戰。

但此時此刻，她卻身處一個四壁由粗糙石塊壘砌而成的牢房裡。

G歪了下頭，疑惑自己為甚麼會在這裡，難道……自己已經死了？

她還陷入失神裡，沒發現牢房的鐵門，慢慢地毫無聲息地敞開了。

直到她緩過神，看到大敞的門，才渾渾噩噩站起身來，腳步有些踉蹌的走出了牢房。

沿著那漫長而昏暗的走道，G 混亂的思緒隨著她的步伐逐漸穩定。

她所走的一條道，兩側是牢房和火把，牢房中，隨處可見模糊的身影在昏黃的火光中扭曲，這些身影有的在靜靜地哭泣，有的在痛苦地呻吟。

G 如此漫無目的往前直走。

「唔好出去。」其中一個黑暗的牢房裡突然有人說。

「點解？」G 停下了腳步。

「我哋只有喺度先安全。我見過太多人出去，佢哋冇一個返到嚟。唔想死就唔好出去。」那人聲音開始發抖。

G 閉起眼，卻繼續走。

途中有笑她的、有阻止她的，無數的聲音，還似乎隱約可見，有人從牢房裡伸出手，試圖拽她。

但 G 卻一往無前，終於，走廊的盡頭出現了一道光。

G 來到了一個開闊的平台。

終於清靜了，G 眉眼露出一絲鬆開。

G 此時站在一座巨大的高塔頂端，高聳入雲。

她的腳下是一條圍繞著塔外牆旋轉而下的樓梯，如同一條巨大蛇身，蜿蜒而下，穿過雲層，通向地面。

「終於有人出嚟啦？」一個坐在監獄門外看書的男子，翻書的手突然頓了下。

如果仔細看，他手裡的書本是《窄門》的英譯本。

而他本人似乎也像英倫管家一般的裝束，眼角眉梢都透著優雅。

「你係邊個？呢度係邊度？子晴喺邊？」走出來的 G 終於看到一個像正常的人，忍不住衝上前問。

「一次問咁多問題，我哋唔係面緊試喎。」管家打扮的男子合上書本，有些幽默調侃。

「咁你話我聽呢度係邊度。」G 抿了抿唇後問。

「你贏咗我，我就答晒你所有問題。」男子看著面前倔強的

女性身影，清了清嗓子後才說。

G 卻擰眉，握緊了身側拳頭，也打算動手。

然而就在她揚拳的瞬間，男人手中的書本看似因懼怕滑落手心，實則男人面色不改，以比 G 更快、那快得看不見的踢腿動作，讓 G 拳頭還未碰到男人，她整個人就飛出去了般撞上牆壁。

牆壁出現了個人形坑洞，塵土飛揚中，管家男坐下，重新打開書本，繼續翻頁閱讀，嘴裡卻叨咕。

「係咪瞓得太耐，個人都未完全清醒……」

G 狠狠吐出一口血，眼裡多出了忌憚，因為這管家男的速度，恐怕在遊戲中全盛時期的 G 之上。

G 如此想著，她的手指卻反射性地動了動。

如果管家男看了過來，會發現她的指尖有一些微弱電流在縈繞。

G 感覺自己的能力仍在後，幾乎是在電光火石間，她猛然發力，G 身形突然模糊，瞬間來到了管家男的面前。湛藍色的電弧在她拳頭上跳躍，發出陣陣讓人牙酸的劈啪聲。

美麗而致命，驚人的電流四濺。

但偏偏，管家男卻在雷出現的刹那，身形以不可思議的速度，遠遠閃到另一邊。

「嗯嗯，咁先似樣。」被人暗自偷襲，管家男也不惱，反而站在一邊滿意地點頭說。

不過很快，他抓了抓空空如也的手，似乎這才察覺出不對勁，以至於他的眼神都露出一絲疑問。

「搵呢個？」G晃了晃手裡拿著的一本書，正是管家男落下的書本。

管家男剛反應過來，想要去搶，可是「嚓」的一聲，G指尖跳躍的火花猛然變大，把手裡書本頃刻間燒成了灰燼。

「哈……」管家男的眼神終於認真了一些，他扯下白色手套，慢慢地說，「既然女士希望認真被對待，咁作為一個Gentleman，我當然會迎合你嘅請求……」

凌亂的客廳裡。

Kanna 站在其中，她披頭散髮，完全不見平日女歌手的儀態，憤怒地將手中的 iPad 摔在地上。

她此時發瘋原因無他，只是方才得知最新一部電影的試鏡結果——

她沒能拿到女主角也就算了，反而還要為自己勁敵林惜姿做配角，這叫心高氣傲的她如何不生氣！

要知道，如今香港樂壇的新世代女歌手中，Kanna Yu 和林惜姿可說是最受關注的兩人，傳媒也總愛拿她們比較。歌影兩棲發展的林惜姿，今年更是拿到了金像獎最佳新演員。這無疑給了 Kanna 極大的壓力。

某程度上，Kanna 會開始涉足影視圈，也是這個緣故。

「Kanna，其實，啱啱開始做到女配已經好好。」女經理人小心翼翼地安慰著。

Kanna 一腳踹翻邊上的茶几，直接拿經理人出氣，「你仲好講！你就係做唔到嘢，點解唔幫我爭個女主角返嚟？！」

經理人無奈嘆了口氣。

雖然 Kanna 內心明白，是她自己的演技不如人，可她的自尊心讓她無法接受為對家抬轎的既定事實！

經理人乾脆退到一邊，等著 Kanna 再發一陣瘋，出出氣。

可是突然，乒鈴嘭唥的聲音中斷了，經理人忍不住去看 Kanna，只見 Kanna 把長髮撩起，露出了一張哪怕素顏也依舊漂亮的臉蛋。

平日，經理人總會因為看到這張臉而短暫失神，但此時此刻，看到那張漂亮的臉蛋浮現出笑容來，她心裡卻毛毛的，感覺好像有甚麼不好的事會發生。

尤其 Kanna 這時還自言自語地開始說，「哈，我真係大懵，我有遊戲分數我驚咩。」她嘴角的笑容更深了，「畢竟喺現實世界，冇嘢係分數解決唔到⋯⋯」

第二天，電影公佈角色人選的記招在一間酒店的晚宴廳中舉行。

燈光明亮而柔和，從天花板上的水晶吊燈灑落下來，映照在敞開的舞台上，為即將的招待會渲染了足夠興奮與期待的氛圍。

在正式開始前，演員們穿著贊助的最新季時裝，坐在化妝枱前修飾妝容，努力讓自己每一根頭髮也透出完美。

咯咯——化妝間敲門聲響起，Kanna 隨意道了聲：「Hello，入嚟吖。」

一個穿著曳地晚禮服裙的女藝人便走了進來，Kanna 從鏡中看到來人，下意識挑了挑眉，想不到林惜姿就這麼急不及待來自己面前炫耀了。

林惜姿主動地向 Kanna 打招呼後，就作出誠懇道歉的模樣，楚楚可憐地說：「Kanna，真心好對唔住，我原本只係嚟 Cast 女配角，我都冇諗過導演會睇上我，係都要我做女主角，明明你先係最適合人選。」

旁邊的經理人聞言，簡直眼珠瞪大了，也不知林惜姿是想「抽水」，還是真缺心眼，每一個字都要偏踩中地雷，經理人於是忍不住站起來，一副隨時準備「開拖」的架勢。

可是經理人沒有想到，Kanna 沒有發作，還大度擺了擺手，「點會呢，我信導演咁安排係有佢嘅原因，我哋呢啲做藝人嘅，其實好多時都身不由己。」

林惜姿眼底劃過一絲詫異，畢竟她也清楚 Kanna 私下的高傲

脾性。

　她正想要繼續説甚麼的時候，導演和製作方憤怒地衝進化妝間，對著林惜姿破口大罵：「你搞乜呀大姐？我保你大喇。」

　林惜姿一臉茫然，完全不明白發生了甚麼事，但她面對投資方，就算知道自己沒錯也得示軟，忙討好笑著上前，「導演，發生咩事呀？」

　「咩事？你問下自己！」

　「一直都好地地，冇做咩呀？係咪有啲咩誤會？」

　導演卻一把推開她，冷冷地説：「誤會？你得罪咩人我唔理，但我求下你唔好累到部戲！而家香港地要開一部戲已經好難！」

　説完，他們頭也不回地離開了。

　林惜姿心裡沒底，繼續炫耀的心情這時也沒了，她跑出化妝間想要找經理人問個明白。

　沒想到，她經理人這時也聯絡不上。

　於是直到記者招待會正式開始，林惜姿一直六神無主，慌得

不行的樣子。

但她已經想過無數遍，自己確實沒惹過甚麼麻煩啊？

應該不會有事的！林惜姿努力安撫自己。

但台上燈光亮起，記招在司儀宣告下正式開始後，林惜姿聽到他們宣佈女主角的角色竟然由 Kanna 奪得，她當場就震驚得無以復加。

她忍不住咬著指甲，心想，怎麼會這樣？明明女主角是屬於自己的！

就在她欲哭無淚之際，現場所有人的手機突然同時響起，讓她更打擊的事情出現了。

因為，此時此刻，每個人手機螢幕上都出現了一段不雅片段，裡面是林惜姿與某本地男團成員的性愛自拍，內容極之不堪入目，而且流出數量驚人。

Kanna 湊到看著手機螢幕幾乎目眥盡裂的林惜姿耳邊，輕聲說道：「同我鬥？下次就唔止呢啲。」

後樓梯。

一個穿著晚禮服的年輕女性正背對著門口抽煙。

這時候有人打開後樓梯的門，Kanna 反應很快，馬上把煙頭丟在地上踩熄。

她警惕看向背後，只見出現的人，竟是凌志剛。

凌志剛臉上有些鬍渣，人也不見平日意氣風發，反而有一點點憔悴。

「係你呀。」Kanna 鬆一口氣，又再抽一支新煙。

「睇嚟你用遊戲分數玩得好 High。」凌志剛把嘴湊上前，曖昧地吸了口她手裡的煙，吞吐著煙霧說。

「分數，有需要就要用㗎啦。」Kanna 卻不以為意。

「打電話畀你，做咩唔聽？」凌志剛攬住她纖瘦的腰，垂眼望著她問。

「唔好意思，」Kanna 卻推開他，「你係我邊個？我做咩一定要聽你電話？」然後又繼續吞雲吐霧。

「你最好注意下你嘅態度。」凌志剛眼神一冷，一把捏住她尖細下巴，寒聲警告。

Kanna 猛地拍掉他的手，氣勢不輸嗆回去，「吓，我態度又點樣？唔好唔記得，我同你係大家幫大家，你唔好成日擺款，要我幫你做嘢。而且我都得唔到任何好處，你話過會幫我贏分數，結果喺度獨食。反而嗰個新界佬幫我贏咗場。」

「哦，原來有人貪新忘舊。」凌志剛這時笑了，如果仔細看，自然會發現他的笑意不達眼底。

「有咩問題？合作當然要搵更好嘅對象，人之常情嚟㗎嗎？你冇得怪我。」Kanna 身處娛樂圈名利場，向來明白這個道理，此刻見凌志剛失態，忍不住輕笑道。

「當然唔會怪你……」

凌志剛如情人般喃喃，他的雙手卻突然抬起，緊緊掐住 Kanna 的脖子。

Kanna 沒有防備，直接被對方扼住，被動得任對方抬起，雙腳離地。

「呃……」Kanna 因為不能呼吸，漂亮的臉很快充血，她的

眼珠更是微微突起。

「贏咗場遊戲，就鬆毛鬆翼，連人哋利用緊你都唔知。」凌志剛看著輕易就能折斷在他手裡的女人，眼裡露出了嘲弄。

Kanna 被如此看不起，氣也上來了，她雖然很難受，一雙漂亮眼珠卻狠狠地瞪著凌志剛。她才不是沒用的廢物，就在她打算用她的注意力操控能力，將凌志剛的注意力移開，但凌志剛卻看著她笑了笑。

「你係咪唔記得我借過你能力……」凌志剛早就預判了她。

Kanna 眼前忍不住發黑，她知道凌志剛的意思，因為借出去了能力，對方就能用相同的能力抵消，於是對凌志剛就失去了作用。

所以識時務的 Kanna 求生本能上來，在快要失去意識前，艱難蠕動著嘴唇說：「對、對唔住……」

凌志剛這才眉毛動了動，放下了 Kanna。

Kanna 無力地攀附在他身上，貪婪地呼吸著新鮮的空氣。

凌志剛輕輕一撇，把懷中人無情地推倒在地上，留下一句，

「你最好盡快起清陸金嘅能力，等我有機會兌現承諾。若然唔係，激嬲咗我，後果你唔會想知道……」他便走了。

「癡線佬！」Kanna 揞著自己脖子上的手印忍不住破罵。

他到底發生甚麼事性情大變成這樣？Kanna 感覺自己都快不認識他了。

不過不管原因是甚麼，她惡狠狠看著凌志剛離去的背影，心想自己絕不會原諒凌志剛這麼對待她！

停泊在馬路邊的一輛勞斯萊斯裡面。

「開車，去別墅。」凌志剛閉眼淡聲道。

「知道。」司機聞言，把車調了頭，往別墅方向駛。

「係呢，頭先太太搵你，佢問你幾時返屋企。」司機突然想起來，便小聲提醒說。

「你話佢知公司有緊要嘢要處理，呢幾晚都唔使等我門口。」提到這個女人，凌志剛就難掩壞心情，他竭力控制著語氣説。

「但太太話……想你即刻返去，佢話公司條數好有問題。」

「你聽唔到？我話有緊要事，你幫我打工定幫佢打工？」凌志剛這時睜開了眼，聲音顯得格外冷漠。

「……知道。」司機不敢再多嘴，忙專心駕駛道。

凌志剛把阻隔司機的玻璃升起，在後座一邊抖腳，一邊啃手指甲，雖然他穿得西裝革履，卻沒有上流人士的儀態。

「我偷用老婆名義虧空公款嘅事，已經就快佢唔住……」凌志剛心想。

一旦被發現了，凌家肯定不會放過他。

他眉頭皺得更緊了，顯然是急了。

上一次都市傳說遊戲過後，讓他明白自己哪怕借用 Kanna 能力，也不是子晴的對手，現在他只能把希望寄放在陸金身上。

因為陸金的「猿猴之手」有干預現實的能力。

雖然作用屬於篡改性，但它篡改的不僅僅是一張紙、一個證物，而是整個現實本身。沒有人能夠質疑它的真實性，因為篡改

過的現實，它就是現實。

只要成功「借用」陸金的能力，就可以繞過分數願望，即使不向 Diana 許願也同樣達到他的目的──從現實層面上篡改他妻子的婚前協議書。

但是凌志剛也有顧慮，因為他不知道使用「猿猴之手」背後的代價，所以他才要 Kanna 去查。

但現在 Kanna 這隻棋子也開始不聽話。

「情況越嚟越壞，唔得，我唔可以喪氣，我仲未輸……」凌志剛神經質笑了笑。

他惡狠狠地想，贏到最後的一定是他，只能是他……

午後金色的餘輝灑在黃金海岸的沙灘上。

小朋友們興致勃勃地聚集在沙灘上，他們手裡拿著膠鏟和桶，忙碌地在沙灘上堆沙、挖洞、砌城堡。

遠處，一個小孩羨慕地看著那一個個城堡，忍不住扯了扯媽

媽衣角，説：「媽咪，我都想去砌城堡。」

「媽咪唔去啦，你自己去玩啦，唔好行咁遠呀。」他媽媽跟附近幾個媽媽正聊得興起，乾脆擺了擺手説。

小孩嗯了聲，忙拿著自己膠鏟，到附近的沙地開始挖沙堆高高。

小孩用左手拿著膠鏟，不斷挖不斷挖，有人走近也不知道。

「小朋友，砌城堡呀？」那人蹲下問道。

「係！我要砌一個好大好大嘅城堡！」小孩眼裡充滿了期待和自豪。

「你自己喺度玩，媽咪呢？」那人又問。

「佢喺嗰度傾計。」小孩轉頭用手指向某處太陽傘下，圍堆聊天的女人。

那人一看，只見他媽媽完全沒有看這邊，跟其他女人聊得興高采烈。

「你平時寫字都用呢隻手？」

那人突然捏住小孩的左手。

「係。」

「揸筷子都係用呢隻手？」

小孩想了想，卻搖搖頭說：「唔係，我揸筷子係用右手。」

「右手？」那人再次確認道。

小孩肯定地點了點頭。

那人沉默了一會兒，似乎在思考著甚麼。最後，他站起身來，對小孩說：「咁你繼續玩啦。」說完就走開了。

小孩奇怪地看了那人一眼，接著又專心地堆起沙堡來。他全然不知，自己剛才無意間說的一句話，讓他避過了一場劫難。

深夜已至。

一個昏暗的房間內。

「啪——」的一聲，一袋裝滿血淋淋手掌的膠袋，被放在桌子上。

一隻猴子跳了上桌子，拿起手掌開始吃了起來。

那隻猴子樣子十分怪異，沒有眼珠，全身仿似實體，又不似實體。

陸金疲倦地坐在沙發上，那垂於沙發邊，被繃帶覆蓋的右手，如果仔細看，會發現此刻卻不似人手的形狀，而是呈古怪的形狀蟄伏在繃帶裡。

不多時，猴子已經將桌上的手掌吃得一乾二淨。牠滿足地打了個飽嗝，身形逐漸變得透明，最後憑空消失得無影無蹤。

隨即，陸金那古怪形狀的手慢慢有了變化，直到徹底恢復人形手，他才解開右手手臂的繃帶，確認手臂終於回復人類的手臂，折斷了的手指也回復原狀，他才鬆了口氣。

如果凌志剛在這裡，便能馬上洞悉陸金的能力，以及他「猿猴之手」的代價。

每折斷一根手指，干預一次現實，他都要「祭猴」。

每次「祭猴」的內容，都不一樣，必須要自己親自做，不能靠別人幫忙或者靠分數幫忙。

上次的都市傳說遊戲裡，他折斷了兩根手指，一根用來移動到法老的墓室，一根干預現實讓 Kanna 短暫變成埃及皇后，作為答謝猴子的幫忙，今次他必須收集十三隻「左撇子的手掌」及七個「白血症病人的十字韌帶」。

如果不祭猴，手臂就會一直是猴子手臂的模樣，而且折斷了的手指不會還原。

如果五根手指全都折斷了，陸金就會永遠失去自己的身體，奉獻給猴子。

「大哥，而家，冇人可以再蝦我。」

「只有強者先可以生存，你講嘅說話，一直都冇錯。」

陸金喃喃自語。

都市傳説體驗館 3
URBAN HUNT

#Sin.5 聖館教會

　　鄰近葵涌貨櫃碼頭的貨倉區，叉車的引擎聲和工人的吆喝聲交織。在這個忙碌環境中，一個貨倉突然傳出肅穆的聖歌聲，顯得格外突兀。

　　「喂，你聽唔聽到有人唱歌？」一個年輕工人放下了手中的箱子，疑惑一問。

　　「好耐啦，你唔知咩？好似有人租咗個貨倉搞唔知咩宗教嘢。」另一個工人回答。

　　「宗教嘢？呢度？咁奇怪？」年輕工人皺了皺眉，「會唔會係掩人耳目咋？」

　　「你理得人咁多，做嘢啦。」老工人聳了聳肩，繼續投入到工作中。

　　在那個貨倉改裝而成的禮堂裡，氛圍卻與傳統的教堂完全不同。

　　首先，它本身是個貨倉，因此並沒有典型教堂的高聳尖頂或宏偉壯麗的建築結構。相反，它佈局簡陋而雜亂。生鏽的牆上掛滿了各種各樣的畫像，涵蓋了東、西方信仰的神明、惡魔和神秘符號。這些畫像有手繪的，也有印刷的，混雜一起，更是營造出滿天神佛的亂象。

但站在講台上，一身傳教士打扮的陳牧師卻絲毫不覺不妥，反倒語氣格外激昂，對底下一排排滿心滿眼崇拜自己的教徒們演講著。

「弟兄姊妹們，『聖館大人』已經降下咗神諭，佢話畀我聽，唯有行惡，我哋先可以得到佢嘅恩典！等我哋齊心合力，將呢個信仰傳到世界每一個角落！」

這一聲落下，狂熱教徒馬上齊齊高呼，彷彿對眼前的牧師是 Diana 的代言人身份深信不疑，他們爭先恐後回應著代言人的話。

陳牧師看著台下一眾狂熱教徒，眼底很快劃過一絲嘲弄，然而他的聲音卻比剛才更激情澎湃：

「記住，我哋嘅教義係要行惡、行不義！呢個係 Diana 透過烏鴉親口同我講嘅，所以呢句話有最高、最權威嘅地位！」

人群底下，突然有一名教徒眼裡閃過一絲困惑，他忍不住低聲對身旁的同伴嘀咕：「但係，上個禮拜牧師唔係話係 Diana 親自報夢㗎咩？」

同伴忙搵住他的嘴，驚恐地搖搖頭，示意他不要多口。

陳牧師似乎沒有注意到這小小的騷動，自顧自地說：「而家，

有邊個仲記得我哋十惡戒律嘅第一惡？」

一名中年男子站起來，搶著說：「每星期要殺死一個親近嘅人，獻畀 Diana 大人！」

這名男子說罷，還忍不住挺了挺胸脯，因為他很自豪，自己上星期才殺死了他的親生兒子，被陳牧師大力稱讚是榜樣。

「咁若然做唔到呢？」陳牧師微微頷首，含笑問。

「畀 Diana 大人嘅阿米特吞噬，永世不得超生。」一個教徒大聲回答。

有新來的教徒還不明所以，正疑惑甚麼是阿米特，一聲彷彿來自地獄深處吼叫忽然從前方傳出。眾人下意識看向講台，只見一團灰黑色的陰影從講台後方踏出！

有人率先看清了這個巨物，眼底瞬間爬滿恐懼，嘴巴也忍不住結巴起來，「怪⋯⋯怪物⋯⋯」

沒錯，它的確是一個怪物，它的頭是鱷魚的猙獰嘴巴，身體卻是一隻龐大的狗，它肌肉結實，毛髮黑厚，張開的巨口滿是鋒利的牙齒，眼中更是閃爍著兇狠的光芒。

可以說，這個怪物的出現讓現場的氣氛瞬間變得緊張起來，就如一股陰冷的風在空氣中蔓延。驚恐的目光四處遊移，人們開始紛紛後退，驚慌失措地保持著盡可能遠的距離。

「冇錯，呢個就係做唔到嘅下場！」陳牧師指著台上三個面如死灰的教徒，看他們的眼神如同看死人，他陰冷著聲音說：「呢三個叛教者，就係畀你哋嘅警示！」

那三名教徒跪在地上哀嚎求饒，但陳牧師卻背過身，充耳不聞。

而就在他轉身刹那，似乎無聲下達了指示，那早已餓得饑腸轆轆的怪物，突然伸出巨大的爪子，抓向那三名叛教者。

雖然有人因為不敢看，閉上了眼，卻還是能聽到慘叫聲在空氣中回蕩。

至於那些膽子大的，很快就因為血肉飛濺，極為慘烈場面而嚇得驚恐到了極點。

怪物啃食完嘴裡血肉，仍發出不滿足的嘶吼聲，就在它把鱷魚眼轉向教徒們，眼裡散發著貪婪的光時，全場鴉雀無聲，所有教徒都嚇得大氣都不敢出。

陳牧師很滿意阿米特的震懾效果，他轉回身去，面帶令人不安的微笑，環視四周：「而家，就等我哋懷著虔誠嘅心，繼續今個星期嘅例會！」

佈道繼續進行，有些教徒隱約感覺到陳牧師的教義前後矛盾、口徑不一，但卻沒有一個人敢問出口。

因為他們大部分都是都市傳說體驗館的參加者，知道陳牧師以及他身後巨獸的可怖，當然，其中不少人是自願加入的，對陳牧師十分忠心，有些則是在陳牧師的淫威之下，被逼加入崇拜Diana 的『聖館教會』。

佈道隨著牆上大鐘指向晚上八點，終於結束。

離開禮堂的陳牧師緩緩來到禮堂後的走廊，他來到一個房間門口，深吸一口氣，從而打開門。

房間內，一個身材高大纖瘦卻皮膚黝黑的男人正坐在桌子上，懸空的大長腿歡快地踢踏著。

「使者大人，我已經照你嘅吩咐去做，將三個人類靈魂獻咗畀阿米特。」陳牧師雙手交叉，放在肩膀，恭敬地彎腰說道。

「但係，我嘅力量依然唔足夠對付子晴嗰班反賊。希望使者

大人可以幫我向 Diana 傳達，請佢大人賜予我更多力量。」

勁黑男人笑了笑，「畀力量你唔係唔得。」他抬起指尖，虛空點了點陳牧師脖子以下部分，猶如在用看商品的眼神注視著後者，「但係，你仲有啲咩可以用嚟交換呢？」

陳牧師愣住了。

他按住了自己胸口。

確實，他的身體已經到了極限。他的肝臟萎縮到僅剩原本大小的四分一，肺只剩下半邊，僅存的一個腎臟也已經衰竭。

看著使者嘲諷的表情，陳牧師苦笑一聲。

「的而且確，使者大人。」陳牧師喘著粗氣，每一個字都像是從嘶啞的風箱裡擠出來，「我呢副老骨頭，怕已經連最後一口氣都快保唔住。我確實冇咩可以再用嚟交換力量⋯⋯」

因為他一次次地獻祭內臟，來換取眼前被稱呼「使者大人」口中所說的、Diana 賜予的強大力量。

但現在，他就像一個被榨乾的果實，再也沒有甚麼可以奉獻的了。

然而，即使身體已經千瘡百孔，陳牧師仍然不想就這樣死去。他只是一個普通人，沒有甚麼遠大的理想，只想活下去，哪怕是苟延殘喘地活著。

男人似乎看出了他眼中的絕望，突然笑了。

「咁樣啦，」他慢悠悠地説，「我唔係唔想幫你，但你身邊有冇親近嘅人？你用佢哋嘅靈魂嚟交換。」

親近的人？

陳牧師搖了搖頭，苦笑道：「使者大人，我嘅一切你都知道。我後生嗰陣犯咗事，大半人生都喺監倉入面過。我冇老婆仔女，冇親人，父母一早死咗。我身邊冇任何親近嘅人。」

「乜係咩？」使者挑了挑眉，「咁你坐監嗰陣成日嚟探你嘅社工姑娘呢？」

陳牧師當即臉色一變，「佢⋯⋯佢只係個陌生人⋯⋯唔係咩親近嘅人⋯⋯」

「哈哈，唔親咁咪仲好，咁樣佢死咗，你都唔會傷心。」使者老早看穿了陳牧師的偽裝，卻又故意體貼道，「就咁決定，攞佢嘅靈魂嚟交換，對你嚟講，好化算。」

使者說得隨意，眼珠卻牢牢盯著陳牧師，欣賞著後者眼裡的掙扎。

陳牧師沉默許久後，最終，他還是深吸一口氣道，「好，我應承你。」

「我為你感到高興，你做咗一個理智嘅選擇。」使者用誇張語氣說，還以人類慣常讚揚小孩的方式，摸了摸陳牧師的頭。

陳牧師也揚起了笑臉，似乎為自己的抉擇而感到自豪。

然而，他轉身離開剎那，臉上的笑容瞬間佈滿了鉛塊般的沉重。

因為當全世界都放棄了他的時候，就只有那個社工沒有放棄他，可是現在他卻為了活下去，輕易就犧牲了世界上唯一不放棄自己的她。

陳牧師自嘲勾了勾唇，心想，果然單純的人就注定沒有好下場啊，社工姑娘如此，我也是如此……

陳牧師本名陳智傑，年輕的時候，他思想單純，為義氣替兄弟頂罪，一人攬下所有罪名鋃鐺入獄。

他以為牢獄之災不過彈指間便過去，而兄弟則是一輩子的。

可是他上刀山下油鍋的兄弟，竟在他坐牢期間一次都沒有來探望過，而且因為他沒有供出其他人，不悔改不合作，被法官判了最高刑期，一坐就是四十年。

「得啦仲望咩望，冇人會嚟探你，仲唔快啲躝過嚟幫大佬剪草！剪唔晒就剪你嗰條！」

也許是被人點破，陳智傑再也無法欺騙自己，徹底認清了兄弟的真面目，所以被背叛的巨大失落感讓向來老老實實在監獄裡過日的陳智傑一下子崩潰了，「啊」的一聲低吼，就和面前監獄大佬的幾個跟班廝打在一起了。

等獄警發現裡面有人鬧事打架後，陳智傑躺在染血草地上，已經不省人事了。

「低能仔，無啦啦發咩癲，冇打死佢咪算好！」被拉開還想踹陳智傑幾腳的跟班一號咒罵道。

「好啦吓，搞出人命，你都唔使旨意出返去，你最好希望送到醫院佢仲救得返！」

「嘩，我冇睇錯吓話，佢唔係死都唔肯叫大佬㗎咩，做乜瞓完醫院返嚟，變到咁聽話？你睇佢個狗樣，我估你叫佢舐鞋底佢都肯！」

「仲可以點唧，體會過咩叫監獄鐵拳，咪識諗咗囉！」

「哈哈哈……」

面對眾人奚落，陳智傑卻面色不改，反而更恭恭敬敬事事侍奉大佬了。

饒是如此，雖然他徹底失去了尊嚴，但在監獄的日子卻開始慢慢變好。

他像是突然在苦痛的日子裡，悟到了生存之道，面對不公不義，他不再選擇反抗，而去順從、攀附更強大的存在。

陳智傑不知道自己生存之道是否真理，但出獄前的幾年，他確實靠著多年來一直侍奉那些大佬，地位也變得僅次於他們。

於是，他也嘗到了仗勢欺人的滋味，他也開始帶頭欺負其他人，非法勾當的事更是沒少幹。

就在他沉迷欺凌弱小，攀附勢力而越發欲罷不能的時候，他

的生命中卻多了一個麻煩精——

　　一個長得白白淨淨，一看就很理想主義的女社工，她懷揣著「每個人都有悔改機會」的信念，來到陳智傑面前。

　　「我知你想做好心，但你唔明我經歷過啲咩。」陳智傑煩躁得推開這個苦心說教的女社工，但面對這個不諳世事的女子，他卻破天荒吐露了點自己的心聲，他有些怨憤地說，「呢個世界從來冇對我公平過，錯嘅係世界，唔係我。」

　　女社工被陳智傑幾乎不掩厭世的眼神給鎮住了，她沒有繼續說下去。

　　陳智傑以為這已經算打發走了她，誰知這女社工沒有因為自己的冷漠而放棄，仍然堅持每週來探望他，告訴他外面世界的消息，試圖喚起他心中的善念。

　　「點解你仲唔明白？」陳智傑有一次對她怒吼，「我唔需要你嘅同情，亦唔需要你嚟探我！」

　　但她好像不怕陳智傑似的，反而用理性冷靜的語氣繼續說，「我唔係嚟同情你，智傑。我係嚟了解你，幫你。」

　　終於，陳智傑服滿了刑期。

陳牧師想起這段往事，禁不住笑了，但下一秒他眼神就變狠，聲音森寒入骨，「我而家有啲好奇，社工姑娘，你係咪仲好似當初咁，覺得我可以改過？」

在凌亂的玄關前，女社工雙眼劇烈猛顫了一下，似乎不敢相信自己以為已經成功感化的陳智傑，這時竟然無來由出現在自己家裡，還掐住自己脖頸，想殺了自己！

然而當脖頸間的大手真的開始收緊，她因窒息而眼裡拉滿血絲，她才開始相信：原來有些人真的無藥可救……

陳牧師鬆開掐住女社工脖子的手。

女社工如折斷了脖子的天鵝，柔軟垂倒在地，而斷氣前她的大眼也不復以前大愛，反而一直瞪著眼前的人，因為她死不瞑目。

現在她的眼神只有憎恨，絲毫沒有以前的溫柔。

「個個都係咁，講一套做一套，最終都會唾棄我咁嘅人。」

陳牧師倏然轉身離去，落日黃昏把他的影子拉長，沒來由，竟讓人覺得他的背影有些孤寂……

　　炎熱的午後，巨大的太陽傘下站著幾個殘疾人士，他們面前的桌子上放著一個透明箱，上面寫著「捐款」二字，顯然正在進行籌款活動。

　　「社工姐姐點解仲未嚟嘅？」殘疾人士Ａ忍不住四處張望，焦急道。

　　「真係少有，電話都唔聽，不過唔緊要，我哋開始住先。」殘疾人士Ｂ安撫完Ａ，又對著一邊坐在輪椅上的小男孩喊：「阿寶，活動就嚟開始啦，你覺得悶，可以幫叔叔手一齊叫呀。」

　　小男孩重重點了點頭，明顯把這隨意的話放在心上，所以當他看到行人路邊上經過一個穿著灰色大衣，一隻眼戴著眼罩的高大男人時，他鼓足勇氣開口。

　　「大哥哥，請捐款支持香港殘疾人士。」

　　阿龍停下腳步，環顧四周，似乎在確認是不是在叫自己，但當他對上小男孩充滿希冀的眼神，以及小男孩身後不少殘疾人士正忙於募捐時，他的臉上忽然露出一絲嘲諷的笑容。

　　「點解要支持？你唔覺得你生存就係個笑話咩？」他的聲音

冷漠得幾乎凍徹人心。

小男孩被這突如其來的冷嘲震驚，一時語塞，雖然他知道自己身體殘疾，可第一次直面對方惡意，他還是沒忍住眼圈微紅。

這時，一位較年長的女人撐著拐杖緩緩移動過來。她輕輕拉著小男孩的輪椅，對阿龍說：「我唔知你經歷過咩，可能你比我哋更加慘，但咁唔代表係個笑話，要輕易放棄自己寶貴嘅生命。」

阿龍冷笑，「唔放棄仲可以點？好似你哋咁，周圍求人捐錢，咁就算唔放棄？」

他唯一完好的眼珠裡充滿奚落和惡意。

但女人卻絲毫沒有動搖，反而直視他的唯一眼睛，平靜道：「唔止，你知唔知我點解要著短褲？因為我要畀人望到隻腳，我要大家內疚，等全世界所有人都覺得佢哋欠咗我。呢個係我仲生存先有嘅權利，我唔會白白放棄呢個權利，亦唔會放棄報復個天搞成我咁。」

女人得意地笑了笑，推著小男孩的輪椅繼續前進，留下阿龍站在原地，低垂著頭，讓人看不清神情。

未幾，阿龍察覺到有人靠近，他抬眸，只見剛才還得意的女

人又回到自己面前,還遞給他一張卡片,「我哋間唔時都有聚會,你得閒都可以過嚟。」

阿龍鬼使神差接過卡片,片刻後才覺失態,他不屑一顧地將它扔到地上,嘴裡冷笑,「呢啲嘢,我唔需要。」

女人卻是輕輕地嘆了口氣,「咁隨便你。」

灣仔紅燈區。

一架勞斯萊斯經過一家門面冷清的酒吧,並停了下來,後面一架客貨車緊跟著後頭也停了下來。

司機下來,恭敬把車門打開,一條上等西裝布料包裹的大腿跨了下來,隨即腿的主人側身徑自走下車,然後邁進這家酒吧,這時客貨車門也隨之打開,幾個蒙面人也跟著他一起下車走了進去。

一行人穿過脫衣舞孃區,來到一個升降機前,為首西裝革履的男人——凌志剛,微微頷首,其中一個蒙面人才殷勤按下往下鍵,然後他們相繼入內,乘升降機徑直往下。

　　「叮──」隨著升降機門緩緩開啟，他們的眼前呈現出一個巨大的地底空間。

　　空間裡迴蕩著拳肉聲和觀眾的歡呼，顯然這個地方是一家黑市拳賽場。

　　此時此刻，大鐵籠裡的人打得正酣，觀眾們的熱情也達到了空前高度。

　　因為今日的比賽有現役世界重量級拳王冠軍，很多人都是慕他名而來，還不惜為他下了大筆賭注。

　　接待的人因為提前就知道有高級 VIP 到場，所以早早在升降機門口等待，她於是和凌志剛介紹今日的比賽概況。

　　「我間專用房喺邊？」凌志剛微微側眸打斷了接待人的介紹，後者忙一臉惶恐，馬上安排凌志剛一行人到了一個私隱度高的私人包廂。

　　這個包廂隱秘性極好，同時對拳賽現場的情況也一覽無遺。

　　凌志剛一坐定，就牢牢盯著肌肉發達、足有一米九高的魁梧大漢正以壓倒性優勢，壓著一個比自己身形略小一圈，只有一隻眼的殘疾男人來打。

大漢一拳又一拳下去，獨眼男卻就像砧板上的魚肉似的，毫無還手之力，被打得臉都腫了一圈，這頓時讓買了獨眼男贏的觀眾忍不住開始噓聲。

原因無他，面對幾頭成年黑熊都輕鬆解決的阿龍，對上這個世界重量級拳王冠軍，區區人類之軀，根本不可能壓得住阿龍，所以大家都覺得阿龍打假拳，沒有認真。

也不知是拳王真厲害，還是阿龍演假拳太入戲，不多時，籠子裡的阿龍居然倒下了。

他倒下時，臉朝向的方向正好對著凌志剛包廂這邊，所以他微微一抬頭就對上了凌志剛的目光。

阿龍眼前微微發黑，可視線中，對上那雙眼，卻彷彿對他有宿命般的駕馭力，好像在命令他：「企起身。」

接著以為勝券在握的大漢舉起雙手，要為自己勝利提前慶祝時，他餘光掃到自己打倒的阿龍竟站了起來！

而且還一拳朝自己揮來。

大漢當場被打得吐了血，在他被這一拳震得五臟六腑粉碎，徹底斷氣前一秒，他還想不通，明明對方同樣是人類之軀，這一

拳打過來，為甚麼會有如此巨大的力量，為甚麼⋯⋯為甚麼呢？

全場觀眾再次見證阿龍的雄起，馬上喝采聲炸裂。

「龍佢搞咩？做咩頭先冇乜精神。」凌志剛有些不耐煩拿出了雪茄。

「凌生，有可能係我哋落藥落重咗，有啲瘟瘟燉燉。」蒙面人畢恭畢敬回答。

「咁就唔好落。」凌志剛把雪茄咬在嘴裡，冷聲吩咐。

「唔用藥嘅話，我驚⋯⋯」

「邊有狗會反咬主人？你睇下，我一嚟，阿龍就充滿精神。」

「知道，凌生。」

凌志剛看著自己親手造出來的最強戰士，在格鬥場上以勝利者姿態接受觀眾狂熱的追捧，臉上的笑容越來越大。

沒錯，阿龍就是他最好的棋子，也是他最好的皇牌。

阿龍是專為都市傳說體驗館而生的人偶，是凌志剛用分數製

造出來的人造人，只為幫他贏出遊戲而被造出來的。

　　所以阿龍的一生經歷，乃至回憶，全都是捏造，甚麼戰場上的回憶，退伍軍人懷念殺戮的感覺，通通都是凌志剛精心設計的。

　　在凌志剛設定裡，阿龍就像天生殘疾的人一樣，阿龍天生就不健全，沒有感覺，沒有自我，沒有真正活過。

　　所以阿龍覺得自己是個笑話，但他連自殺的自由都沒有，他的基因早被編寫不能夠作出自殘行為，他永遠都要做凌志剛的奴隸，他也無法傷害凌志剛，不能違抗凌志剛的命令。

　　當然，這件事凌志剛誰也沒有告訴過，哪怕連 Kanna 也不知道。

　　「呢幾日唔好再安排比賽畀阿龍，遊戲就快舉行。」凌志剛說完，彈了彈手裡的煙灰，隨意把雪茄按在邊上一個煙灰缸，隨即就提步離開。

　　而沒有人看到的視角卻是存在的，格鬥場上阿龍雖跟木頭似的站那裡，漆黑的眼珠子卻死死瞪著凌志剛的背影，眨也不眨……

都市傳說體驗館 3

#Sin.6 你夢見過這個男人嗎？

2006 年開始，網路上就出現了這麼一個都市傳說，一個名為 "Ever Dream This Man?"（你夢見過這個男人嗎？）的網站，點進去，網站首頁張貼了一張奇怪的黑白男人照片。

濃眉、禿頭、闊嘴，都是這男人帶給人的印象。

世界各國都有人表示夢見過這男人，但卻從來沒有人在現實生活中找到這個男人。

儘管有人試圖解釋這個現象，但越是探究，越是陷入恐懼的深淵。或許「夢男」是某種無法理解的超自然存在，或者他只是人類心靈深處的一種集體恐懼的化身。

「Who am I? 啊，這真是一個大難題！」

一個巨大的熱氣球升起，那是一張男人的臉，那個經常出現在成千上萬人夢中的面容，夢男，在這一刻徹底顯現在參加者們面前。

隨著熱氣球的升起，都市傳說的參加者們發現自己身處一個詭異的城市，四周充斥著夢男的臉孔，從戶外廣告到巴士車身，他那張黑白大頭照上的面容彷彿在訴說著他無處不在的訊息，令

人心生寒意。

　　而更讓人感到毛骨悚然的是，四處都是各式各樣的鬧鐘。有的小如普通的床頭鬧鐘，發出微弱的滴答聲；而有的則巨大如大廈，指針失序地瘋狂轉動著。

　　參加者們很快感到身心俱疲，彷彿被困在無法掙脫的噩夢之中。

　　因為每一聲轉動聲都像是在拉扯著他們繃緊的神經，提醒他們時間在流逝，而他們卻被困良久，還是無法找到出路。

　　「在我的領地，你必須一直拼命地跑，才可以保持在同一個位置！」

　　「走呀！」有人喊了聲，眾人為避免墮入更深的夢裡，忙加快腳步，努力往前面跑。

　　但就在他們跑到半路的時候，前方一段馬路就像地氈一樣被快速捲了起來。

　　而這卷地氈的盡頭則湧動著橙紅色的岩漿，若是有甚麼不慎掉進這沸騰的「紅湯」中，恐怕瞬間就會被煮得連骨頭渣都不剩吧。

「啊!」幾個體力透支的參加者來不及躲開,紛紛掉進了熔岩之中,一片慘痛聲裡,眨眼間就被煮得軟爛浮起。

其他參加者見狀,鼓足全身力氣,猛地一跳,試圖直接跳過熔岩池。幸運的是,有幾個人成功了。不幸運的,他們還未完全逃出死神的手裡。

他們還來不及為逃過一劫而鬆口氣,就發現自己並沒有如預期般著地,反而持續不斷地往上飛去。

他們失重了!

恐懼頃刻間注滿他們全身心,他們掙扎著,試圖找回失去的重力,但一切都是徒勞的。

最後重力突然恢復,他們就像從高處墜落、摔爛在地上的一顆顆番茄般,接連噗滋幾聲。

摔得爛透了。

血液濺到了旁邊一名參加者的臉上。

他驚恐萬分,但突然間,他似乎明白了甚麼,他拔出槍,對準自己的下巴,毫不猶豫扣下扳機。

在槍響的前一秒，他篤信死了就可以夢醒。

然而，槍聲過後，他倒地無聲。

因為遊戲並未結束。

在一邊遊刃有餘應付的大寶見狀，輕輕搖頭，心想，沒用的，這裡是夢男的夢境，你死了他也不會醒來。

因為今次的都市傳說過關條件不是叫醒自己，而是要叫醒夢男，遊戲才會結束。老規矩，成功的參加者即可得一萬五千分獎勵。

大寶心裡才吐槽完，一個巨大畫框突然砸在他面前，他雖然後退及時，但畫框中的夢男肖像開口說話了：「請你告訴我，從這裡走哪條路比較好？」

「此路不通嘅意思？」大寶心知不妙，忍不住苦笑一聲。

果然，下一刻，一個熟悉的身影從最近的巷子裡走了出來，正是那個夢男。

他們從店舖裡、地鐵出口中、路邊的垃圾桶後面魚貫而出，逐漸聚集在街道中央，將大寶團團包圍。數不清的夢男，臉上都

掛著同樣詭異的微笑。

　　大寶也沒有動作，因為他知道這裡是夢男的夢裡，根本無處可逃。

　　夢男們像美式足球員一般撲向大寶，瞬間將他埋沒。

　　砰！砰！砰！

　　接連不斷的爆炸聲從下方傳來，震耳欲聾，瞬間引起了一片騷動。隨著爆炸聲，一股股小型蘑菇雲冒起。

　　「大寶佢冇事嘛？」Rose 望向下方，長長的瀏海也掩不住她眼底的擔憂。

　　「你仲得閒關心佢？不如關心咗我哋先！」Ace 忍不住抗議，示意 Rose 他們正處於失重的狀態，而且隨著時間流逝，他們已經飄到幾百米高空了。

　　「咁你唔好捉住我呀！」Rose 忍不住動了動腳，因為 Ace 一直抓住她的腳踝。

　　「唔捉住你唔得呀！有返重力跌落去，我死硬。所以求下你快啲用空間轉移能力！」Ace 的聲音在高空的風強灌下，顯得

格外破碎。

「我都話，用轉移能力好危險，喺 Diana 嘅空間用尤其危險！」Rose 不知道這是第幾遍重複了，她有些暴躁地説。

「咁而家點算？」Ace 真的抓破頭了，尤其是此刻！

他們開始停止上升，漸漸恢復重力，然後急速向下掉。

「死啦死啦死啦死啦死啦！」Ace 大喊。

「其實仲有個方法，就係你而家即刻同 Diana 許願換對翼返嚟！」Rose 在急速下掉中，大聲吼。

「唔好啦咁？為咗唔跌死用分數換啲咁 Kam 嘅嘢……！」Ace 的臉被風刀刮得話都説不清了。

「唔係仲可以點！你係咪想跌死！」Rose 簡直氣死了，都快要摔成肉醬了，Ace 還在考慮好不好看？他們可是還在高空不斷打轉向下掉！

另一邊廂，在這座詭異城市的某個角落裡，有一個巨大的糖

果屋，它與周圍的高樓大廈格格不入。

陸金和 Kanna 面色難看地躲在糖果屋裡，也不知道是他們變小了，還是這糖果屋大得離譜，他們在裡面，周圍的一切對他們都顯得格外巨大，彷彿他們突然變成了卡通片《Tom and Jerry》中的 Jerry，因為過於渺小，只能瑟縮在陰暗一角，觀察四周有沒有危險。

他們實在是渺小得太脆弱了。

尤其是一陣沉重的腳步聲正由遠到近，越來越近的傳來，震得地面開始劇烈晃動，似乎有甚麼龐然巨物正朝這裡走來。

陸金不是坐以待斃的性格，他和 Kanna 交換了個眼神，兩人便越發彎低身子，慢慢挪步靠近窗子的牆面。

陸金小心探頭，試圖透過糖果造的窗戶往外看，陸金才把視線往上抬，突然視線中出現一隻巨大、閃爍著邪惡的眼睛也正貼著窗戶，試圖往屋內窺視。

和那隻巨大眼球對上剎那，陸金呼吸更是屏住了，但奇怪的是，明明巨大眼球好像發現了他的存在，眼球的主人卻似乎並沒有注意到他們，眨了眨眼球後，那龐然巨物居然往後撤走了。

接著那原本近在咫尺的沉重步伐似乎也越來越遠了⋯⋯

「居然遇著個萬五分嘅遊戲，都唔知係好彩定黑仔。」陸金鬆了一口氣，他把頭靠在牆上忍不住喃喃自語。

Kanna 放開搭在陸金肩上的手，連帶解除了消除他們兩個人注意力轉移的能力，問：「你話我哋會唔會一直被困喺度？」

「咁到時候⋯⋯」陸金活動著右臂的手指，嘻嘻一笑，暗示自己隨時準備出馬解決夢男。但他隨即又說：「不過要對付個凌志剛，都係留返全部五隻手指好啲。」

Kanna 瞥了他一眼，眼裡閃爍著懷疑：「你真係有把握？」

陸金盯著她，意味深長地說：「呢個睇你，如果你覺得心痛⋯⋯」

「閂住，」Kanna 打斷他，一下子壞情緒也上來了，所以她的語氣顯得格外冰冷，「我只係擔心你事敗會連累我，至於嗰個男人，就算佢死喺我面前，我都唔會有任何感覺。」

陸金聽了，嘴角浮現一絲冷笑，「如果你真係想佢死，咁你可以放一萬個心⋯⋯」

　　與此同時，在同一個夢境裡，穿運動服的子晴正站在一個風景截然不同的地方。這裡很像紐約的時代廣場，但又多了一絲詭異和超現實的感覺。

　　他的四周廣告牌上全部都是那張詭異的男人臉孔，一張張面孔環繞著他，眼神裡的惡意幾乎要溢出螢幕。

　　就像只要子晴露出一點恐懼，這些面孔就會掙脫螢幕，把他徹底吞噬。

　　然而，子晴那張臉依舊一臉平靜，眼珠也是無神無采，卻也不見半點懼意。

　　夢男眼神裡開始出現了其他情緒，是的，惱羞成怒，很快，他的嘴角裂開向上揚的弧度——

　　因為天空突然暗了下來，那是數不清的巨大毛蟲佔據了天空，猶如一群噁心的怪物在空中盤旋。它們身軀肥碩，長滿了令人作嘔的細毛。在快要落到地面前，它們張開口腔，直撲子晴而來。

　　子晴面色卻不改，腳尖輕輕一點，可毛蟲卻猛力揮舞著巨大的蟲尾，瞬間掃向子晴，他捂住腹部悶哼一聲，瞬間脫力般被撞

向了身後的大廈。

幾十米高的大廈在他的衝擊下裂開，他的身體則凹陷了在殘破的牆壁之中。

塵土飛揚中，子晴吐出了嘴裡的血沫，從廢墟中爬起，可剛剛站穩腳跟，他已經被成千上萬的毛蟲包圍。

他竭盡全力，拼命躲避著毛蟲的攻擊，但卻始終找不到反擊的機會。毛蟲擠壓著他的身體，幾乎要將他淹沒在恐怖的蟲海中。

「這是我的夢境。這裡一切由我說了算。」夢男的聲音開始詭譎地回蕩在廣場上，企圖擾亂子晴的心神。

子晴再一次被毛蟲尾巴拍扁在地上，疼痛瞬間席捲了全身，他心想夢男說得的確沒錯，這裡的確是他的夢境，所以無論如何他怎麼出手將毛蟲擊倒，毛蟲都像無窮無盡一樣重生。

壓著子晴的那條毛蟲突然爆開，濃稠的汁液四濺，碎肉和內臟都沾染著不祥黑色物。

子晴站在這片狼藉之中，渾身上下都沾滿了毛蟲的殘骸，他感覺自己體力開始下降，動作變得越來越慢，他被毛蟲擊中的概率也越來越高。

他抹了抹嘴角的血，身上原本濃郁的刺青這時也微微減淡了下來。

就在這時，更多的毛蟲已經朝著子晴蜂擁而來。

似乎知道眼前人露出極大劣勢，毛蟲張大的巨型腔室裡，傳來了夢男桀桀桀的笑聲，「凡是我看見的東西，我都能吃！」

子晴從泥濘中站起，神色都變了，當然不是因為害怕，只是厭倦了無止境的夢。

所以他淡淡地說：「想食嘅話隨便。」

毛蟲急不可耐地蠕動著身體，它巨大的頭部竟然還在不斷膨脹，恐怖的大口一張，將面前的子晴整個吞沒。

好不容易吞下了這個難纏的獵物，毛蟲高興得在半空中扭來扭去，但隨之而來的卻是一陣突如其來的劇痛。黑色的瘴氣從它的口中湧出，它的複眼不斷眨動，它開始在地上痛苦地打滾，粗大的蟲尾橫掃了周圍的建築物，發出轟隆隆的巨響。

在痛苦的折磨中，毛蟲發出一聲嗚呼，似是在求饒。

最終，它似乎再也無法忍受那樣的煎熬，將子晴吐了出來。

　　但只是如此，並未讓它好受起來，它一整長條在幾息之間，像是被甚麼黑色東西侵蝕一樣，身體很快萎縮，最後竟變回了夢男的樣子。

　　夢男那張詭異微笑的臉不復存在，他變得很害怕，顫抖著說：「這個味道……我以前吃過……」

　　子晴卻腳步從容地向他慢慢走去，一步步逼近，然後他彎下身子，問地上蜷縮成一團的夢男：「你話呢個係你嘅夢，咁你有冇試過畀惡夢叫醒？」

　　夢男聞言，像是想起了最深的恐懼，他忙後退，似乎想要逃離眼前的人，把子晴當作成恐怖的夢魘。

　　子晴卻猛然走上前，一手捉住對方的腳，他的聲音彷彿從夢裡深處傳到夢男腦海：「喺夢入面，你以為自己無所不能，但唔好唔記得，夢始終會醒。而家，你係時候要醒。」

　　另一邊的街道上，一個個夢男正以不可思議的密度，像美式足球員一樣，不斷地疊在大寶的身上，讓他幾乎無法動彈。

　　大寶感到身體被重重壓迫著，暴露在外的臉頰因為被迫貼著

夢男而傳來一陣灼熱感。

他心知不好，這些夢男準備要爆炸了。他迅速晃了晃手裡的花盆，花盆在這擠迫空間內，以不可思議速度開始生長，那長出的蔓藤瞬間包裹住了大寶，形成一個堅硬的球體。

也就在球體剛形成刹那，壓在大寶身上的夢男全都噗的爆開，一瞬間，方圓幾百米內變成了一片火海，建築物在極高溫下瞬間蒸發，只剩下扭曲變形的鋼架。

那樣的恐怖毀滅力量，讓堅不可摧的蔓藤球體表面也受不住，瞬間被燒焦了一大片，散發出一股刺鼻的焦味。

等到爆炸聲逐漸平息，周圍陷入了死一般的寂靜。

球體內的大寶屏息凝神，警惕地聆聽著四周的動靜。

過了幾秒鐘，他確定沒有任何危險後，那些堅韌的藤蔓開始慢慢鬆開，逐漸縮回到他手中的花盆裡。

大寶憐愛地摸了摸花盆。突然一陣刺耳的鬧鐘聲響起，那些原本散落在城市各處的鬧鐘，此刻竟如同受到了甚麼刺激一般，齊聲響起。大寶抬頭望向天空，只見那原本束縛住所有遊戲參加者的詭譎天空此刻竟像是被撕開了一道巨大的裂口，紅色的天空

也如同一塊布幕般開始塌陷下來。

「睇嚟個夢要結束喇。」大寶喃喃自語。

「本次體驗已經結束，每位參加者將會喺一分鐘後返到原本嘅世界。」好像自裂口外，傳來了熟悉的廣播聲。

「係咪子晴贏咗呀！？好嘢！」

Rose 雖然還在往下掉，但她在空中，倒是有個好處，那便是能觀察到地上發出的巨大動靜，雖然看得不是很清楚，可方才她看到了子晴的侵蝕在擴散，所以她馬上推測出來，忍不住為子晴歡呼。

「唔好開心得咁快住，我哋仲跌緊落去！」Ace 苦巴著臉，雖然夢境快要結束了，但是似乎他們會先著地。

「啊啊啊啊！」於是，無助的 Ace 和 Rose 只能在天空中尖叫。

「一日最衰都係你！」Rose 憤怒地指責 Ace，「如果唔係你走去掂個氣球，我哋而家點會搞成咁？」

「我點知會咁唧？」Ace 努力狡辯，也指責 Rose，「再講，

明明你都有掂！」

　　兩人掉落的速度在加快，但他們在半空中吵得更是不可開交，完全也顧不上摔不摔死了，自然也更沒注意到下方的景象正在發生變化——

　　他們的正下方，一棵巨大的樹木從馬路竟然拔地而起，以驚人的速度向他們伸展而來。

　　「小心！」Rose 感覺到有甚麼聲音在靠近，她忍不住驚呼一聲。

　　就這一下，兩人同時降落在樹幹，在樹幹上像溜滑梯一樣快速下滑，最終狼狽地摔在了地面上。

　　「等等，我條腰好似斷咗……」Ace 揉著腰部哀嚎。

　　Rose 一腳踹開趴在她一隻大腿上的 Ace，罵他：「死開啦鹹濕鬼！」

　　「你哋冇事嘛？」一個熟悉的聲音傳來……

　　燈光幽暗，柔和音樂時隱時現的歌劇廳內，台下沉睡的眾人突然動了，看來是漸漸醒來了。

　　原來大家剛才都在做夢，不過在夢中死去的人，卻也再無法從夢中醒來，或者更確切說，是徹底死去了。

　　子晴把目光從醒不來的參加者身上移開，歌劇廳光線幽暗，襯得他那沒甚麼表情的臉也越發木納了，完全不見贏了遊戲的喜色，好像還未從詭譎夢魘中回過神來。

　　「現在係總結分數嘅時間，呱呱。」舞台上的烏鴉突然跳到中心，說。

　　牠身後的投影布幕上也馬上出現了一行行的名字和對應的分數，除了子晴的名字外，其他人得分都是零。

　　既然知道了結果，那也沒必要再待在這陰森森歌劇廳內，所以有些人很快就離開了，這其中，也包括凌志剛。

　　凌志剛身後的陸金與 Kanna 交換了眼神，跟著他也離開了歌劇廳。

　　因為輸了遊戲，凌志剛神情難掩壞情緒，他幾乎是大步走下歌劇廳外的樓梯，皮鞋與大理石地面碰撞發出的聲響在寂靜的會

堂中迴蕩。

　　就在他走到樓梯中段,突然,一個熟悉的嗓音從身後傳來,打破了他的節奏。

　　「喂,乜走得咁急呀?」身後的男聲不緊不慢地說著,語氣中帶著一絲挑釁。

　　凌志剛停下腳步,卻沒有回頭。「有咩貴幹?」他冷冷地問。

　　「冇,唔知你覺得呢度仲算唔算遊戲範圍呢?」男聲繼續意有所指地說,暗示著在非遊戲範圍殺害其他參加者並不會被扣分。

　　「你打算殺咗我?」凌志剛臉上扯出了涼薄的笑,語氣中更是充滿了不屑。

　　「冇計,你咁對我冧嘅女人,即係唔畀臉我唧。」

　　你女人?凌志剛悶悶笑了下,他緩緩轉過身,跋扈發聲的男人正是陸金,而陸金嘴裡的女人,凌志剛把目光落在他身旁的女性身上——Kanna。

　　「以為你會識諗,點知你真係蠢得咁交關,竟然揀佢唔揀我。」他眼底難掩遺憾,聲音卻透著森寒之氣。

Kanna 不以為然地聳了聳肩,「蠢嘅係你。你唔係覺得嗰日咁樣對完我,會一啲事都冇呀嘛?」

想到那日即將昏厥過去的情景,Kanna 依舊火冒三丈,所以她的語氣中帶著慢慢不屑和憤怒,「你根本唔係男人,輸咗就搵女人出氣,我做乜要揀你!」

凌志剛沒想到 Kanna 居然就為這個,一下子把他們那麼多日的合作情誼扔掉了,忍不住解釋,「你明知我當時心情唔好,仲要激我,雖然我打咗你,但我事後都有同你道歉係咪?」

凌志剛的解釋 Kanna 根本不買帳。

「你再講咩都冇用,反正你同我只不過係互相利用。」她冷冷地說,「既然我要嘅你畀唔到我,你亦唔識咩叫尊重,我同你之間嘅合作關係到呢一刻正式完結。」

陸金得意地忍不住拍手,他身上戴的金器也發出鏘鏘的響聲,「凌志剛,你聽到喇,唔係我撬你牆腳,係 Kanna 自己決定㗎。」

凌志剛的目光在兩人之間掃視,他知 Kanna 是勸不回了,便乾脆嗤笑,「好呀,反正我都唔想留冇利用價值嘅嘢喺身邊。」

Kanna 臉色一變,顯然沒料到凌志剛會認定她是個沒用的東

西。

　　陸金則是瞇起了眼睛,似乎在評估著眼前的形勢。

　　「提提你,」陸金舉起了虯結的右臂,他的食指已經被折斷了,所以他說,「呢個空間已經畀我用能力干預過,只要你仲企喺度,你所有能力都唔會用到。」

　　「哦?居然仲可以咁用法,我真係越嚟越想得到你隻手臂。」凌志剛眼裡竄起了濃郁的興趣,絲毫對自己處境不擔心。

　　他雖然知道陸金的猿猴之手,每折斷一根手指都可以干預一次現實,但眼下親身體驗,還是讓他覺得不可思議極了,讓他更想要得到這個能力了。

　　「Kanna 同我講過,話你可以隨便拎其他人能力,真係得人驚囉!我不得不提防呀。」陸金笑嘻嘻地說。

　　「哦係咩?咁佢有冇話埋你知,我永遠都唔會得自己一個?」

　　這時候,會堂各處走出了不少人,都是都市傳說體驗館的參加者,他們平時都裝作不認識,但其實他們暗地裡都是凌志剛的人。

　　Kanna 臉色頓時難看了，雖然她已經事前告知了陸金，凌志剛有一眾總是蒙著面的爪牙，但是她也想不到這麼多人，而且全都混入遊戲之中。

　　人數之多，比陳牧師的信徒毫不失禮。

　　「好呀好呀，太容易，我打贏咗你都冇意思。」陸金卻不知道怕，還晃了晃他的斷指，很高興的樣子。

　　陸金一下發動能力，咔嚓一聲，折斷中指，凌志剛的人群雖烏泱泱一群，且一湧而上，但這鋪天蓋地的攻勢，在陸金的能力面前，他們拳拳到肉，卻毫無作用，就好像在攻擊空氣。

　　而下一秒，陸金已經閃現到凌志剛的眼前，他在人耳邊嘿嘿地伸出手說：「擒賊先擒王！」

　　凌志剛蒼白的脖頸近在咫尺，陸金的無名指應聲而斷。

　　然而，這時候一個身影飛撲出，陸金的力量突然被反彈，壯碩的身體就飛了出去，他陷到牆裡，隔著撲簌落下的塵石，才看清來人。

　　陸金有點意外：「真係睇唔出，獨眼龍。」

阿龍卻充耳不聞，如同最忠實的奴僕，默默站在凌志剛的身旁。

「話咗你知，我永遠都唔會得自己一個。」凌志剛拍了拍身上並不存在的灰，氣定神閒地說。

另一方，Kanna 被其他剩下爪牙圍剿在中心，她眉頭一皺，見衝不出重圍，乾脆冒險同時操縱所有人的注意力。

原本以為勝券在握的爪牙們紛紛不敢置信道：「嗰個女明星唔見咗！」

有穩重的發言說，「唔好亂，佢唔可以長期操縱注意力！但係你哋每個人都打醒十二分精神！」

Kanna 心想不妙，雖然她清楚凌志剛的能力，但凌志剛也清楚她能力的局限。

但是沒辦法了，她除了咬牙堅持，拖到陸金把凌志剛殺死，她別無他法。

因為她已經深陷局中了。

爪牙們正握緊各自武器，全方位提防和尋找消失的 Kanna

時，突然有個人喊了聲，「個女人喺度！」凌志剛的爪牙說。

Kanna 低罵了聲，快速擦去了鼻子邊滲出的血跡：「肯定係頭先喺遊戲用得太多次！」所以她才這麼快又恢復了正常的注意力。

眼看著那些人面露殺氣衝自己跑來，Kanna 忙再集中精神，再次消失了！

陸金和阿龍還在交鋒中。

眼見著阿龍越打越難纏，陸金狠心抬起鮮血淋漓的手，再次折斷一隻指頭。

他發動了致命一擊，這一下，在空間中直接抹除了阿龍胸腔的存在，只留下了一個巨大的血洞。鮮血從空洞中湧出，瞬間將阿龍的身影淹沒。

然而，令人驚訝的是，即使胸口被如此詭異地抹除，阿龍卻絲毫不見衰弱。他重新站起身，挺立的身姿像是不死之身，每次致命傷都只是令他更加強大，而他本人依舊重新站了起來，而且他的眼中還閃爍著冰冷的寒芒，彷彿意志得到了更多的淬煉，他變得更強了。

陸金暗罵一聲，低頭看了看自己的手指，已經折斷了四根，再折斷一根的話，他就會……失去這具身體的支配權。

所以他明白……

「你輸咗。」一旁觀戰的凌志剛也看出了局面已定，從邊上慢慢踱步走來。

「不如講埋你知。」凌志剛走向陸金，他的眼神卻看向堅挺站那裡，滿身狼藉卻仍不露疲態的阿龍，用自豪的口吻説：「阿龍係我用分數創造出嚟嘅人偶，佢冇死嘅概念，佢只會不斷咁戰鬥，直到徹底被破壞，企唔到起身為止。」

這時候，不遠處的 Kanna 那邊突然傳來一聲痛呼。

沒錯，她也不行了，她被凌志剛的手下看準時機，俐落刺中了。

所以她就像折翼般，一聲慘叫後，就倒在地上，很快，鮮血在她身下匯聚成一灘，而她本人，也已經無法再發動能力了。

「再唔認輸，嗰個女人就要死。」凌志剛收回看向 Kanna 那邊的視線，轉向陸金，逼問。

「……」陸金卻只低著頭，臉上沒甚麼表情，如果有人注意，就會發現他那望向腳跟的眼似乎不再有人的神采，反而空洞得像丟了靈魂。

凌志剛以為對方礙於自尊心不肯認敗，他假惺惺嘆了口氣，把手放在陸金的頭頂。

「我都唔想羞辱你，但你能力對我嚟講實在太有用。」

「所以我而家要行使強制交易權，無條件咁由你嗰度拎到所需嘅能力——『猿猴之手』。交易嘅有效期會持續到雙方其中一方死亡為止，作為被徵用嘅補償，你可以保留能力嘅使用權。」

陸金的身體微微顫抖了一下，卻沒有表現出任何抵抗。

「交易完成。」凌志剛眼中閃過一絲愉悅。

凌志剛的臉上掛著一個面具似的笑容，彷彿一切罪惡與瘋狂都在這一刻不復存在，但他吟唱般的話語卻格外平靜而又冷漠，像是在背誦一篇無關痛癢的聲明，讓人不寒而慄。

也許只有凌志剛自己知道，觸摸對方頭頂，朗讀聲明，以及對方毫無反抗，都是他成功強奪他人能力的必要滿足條件。而現在，他終於得償所願，得到了「猿猴之手」的力量。

隨著他慢慢從陸金頭上收回手,一個詭異而恐怖的變化發生了。

凌志剛的右臂開始扭曲變形,肌肉膨脹,皮膚的顏色也在改變,逐漸變得粗糙而黝黑。細長的獸毛開始從皮膚底鑽出,迅速覆蓋整條手臂,最終變成了一條巨大而猙獰的猿猴手臂。手臂上的毛髮深紫而濃密,靜靜地蠕動著。

凌志剛的拳頭慢慢握緊,尖銳的指甲紮入猴手掌的肉裡,鮮血從指縫中滲出。他卻瞇著眼,完全無視掌心傳來的刺痛,反而讓他臉上的笑容更深了。但是他的笑容此刻卻毫無儀態,透露出一種不屬於人類的瘋狂。

「哈哈哈哈,太好啦,真係太好啦。」他一邊欣賞著這條醜陋的手臂,一邊轉身離開了大堂。身體穿了一個大洞的阿龍也像木偶似的動了動四肢,轉身跟上。

他的手下看著奄奄一息的Kanna,問道:「呢個女人點處置?」

「……當睇唔到啦,凌生又冇叫我哋殺咗佢。」於是剩下的一群人也乾脆離開了。

Kanna氣若游絲地喊向陸金,「救……救……」

但陸金他整個人呆立在原地，身體微微顫抖，開始發出一種令人毛骨悚然的低吼聲。

突然間，Kanna 的瞳孔微縮，因為陸金居然舉起手，以一種近乎狂暴的姿態開始狠狠地掌摑他自己。

而且，每一次的擊打都帶著狠辣的力道，直到將他自己的臉部打得紅腫流血，甚至有一顆牙齒被打掉，他也不停手。

他的動作猙獰而瘋狂，就像在掙扎著擺脱內心深處的恐懼和痛苦，又似乎是在釋放他內心深處的憤怒。

「我輸咗！我打交輸咗！我真係冇用！我對唔住大哥！我係廢柴！」陸金就像聽不見 Kanna 的求救，一邊自言自語離開了大堂。

Kanna 看得慌了神，眼中充滿了絕望和恐懼，她感到一種前所未有的無助。

在這裡陸金幫不上她，只有她一個人，沒有人能伸出援手，所以她只能眼睜睜地目睹著自己的腸子從腹部湧了出來，任由一波波劇烈的疼痛侵襲著她的身體。

她開始無法呼吸，因為鮮血從傷口汩汩流出，形成了一灘恐

怖的血泊。她的視線變得模糊，意識也逐漸模糊，但她依然清晰地感受到那種撕裂般的痛苦，讓她幾乎要崩潰。

意識游離之際，她想起了自己當初在街頭 Busking 的時候，那段純粹的快樂，只要有哪怕一個人站在她面前，駐足聽她彈唱的歌，她已經很高興。

但是為甚麼到現在，她會落得如斯田地，或許這就是她不自量力的結果。

已經，足夠了吧。

用分數治療好自己後，她就不再參加都市傳說體驗館的遊戲，珍惜現在擁有的已經足夠。

Kanna 艱難地拿出手機，找到「都市傳說體驗館」的對話框。

我是 Diana，請問您想要實現甚麼願望？

打開對話框的瞬間，訊息就傳送了過來。

Kanna 在手機上按了幾下，打了「Heal」的簡單英文，但久久還沒送出。

這時候，她手機彈出了一則新聞推送——

新聞上的意思不外乎她的死敵林惜姿雖然意外流出性愛片段，但大家卻篤定林惜姿是被害者的一方，惡意流出影片的人才最可惡。現在，大家紛紛倒戈湧向林惜姿對家，也就是最有嫌疑的 Kanna 身上。

Kanna 看著那一個個罵自己的惡毒留言，和安慰林惜姿的暖心話語，她絕望的心中頓時滋生出越來越多的不甘、嫉妒以及憤怒，Kanna 感到自己的心正在一點一點地碎裂。

她已經付出了太多，失去了太多，怎能就這樣放棄？即使現在還有機會回頭，即使內心深處有個聲音在告誡她不要這樣做，她還是無法控制自己的手刪除了「Heal」這個字。

「我許願林惜姿發生意外，終生癱瘓。」

送出。

都市傳説體驗館 3

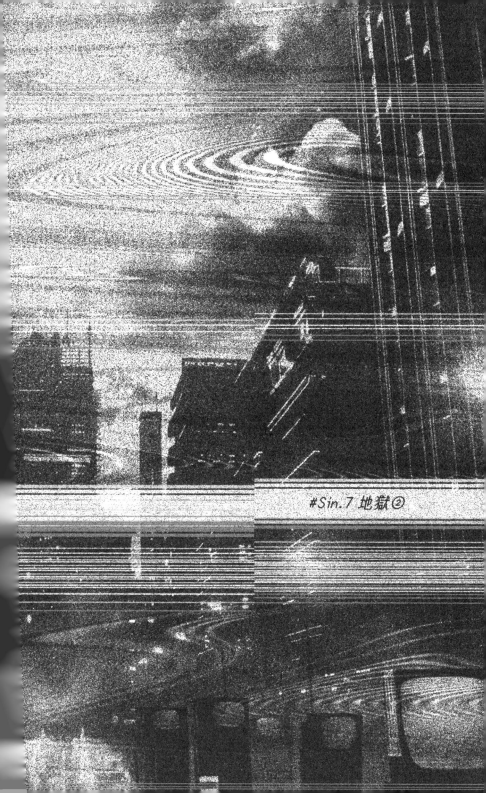

#Sin.7 地獄②

細碎的水滴從玻璃門上滑落，如珍珠墜地，悄悄撒落在地面，在浴室瓷磚上濺起微小的水花。

空氣中騰騰升起朦朧的蒸汽，霧氣繚繞間，燈光透過薄薄的水汽，在潔白的牆壁上投下柔和的光斑，光斑中，有人影攢動。

霧氣裡，水聲終於停了，不多時，忽然有隻雪白的手自水汽中穿出，細細水流自那指尖往下滴，落在那隻手抓住的浴巾上。

接著手的主人又小心地拿起一件柔軟的棉質家居服。

窸窸窣窣的穿衣聲開始響起，忽而吱呀一聲，浴室門被推開，水汽自門推開剎那，很快消散開，慢慢顯出裡面已然穿衣完畢的女子，女子擰了把還在滴水的髮尾，然後光著腳步出浴室。

走進開放式廚房，她開始忙碌起來。

鍋中的清水開始冒泡，配上橄欖油的香氣和新鮮的羅勒葉，空氣中彌漫著誘人的味道。她靈巧地切著蔬菜，纖瘦的手指在刀光下跳舞。

不論是切菜動作行雲流水，還是煮炒時翻勺姿勢也不失優雅，都讓她烹飪時的一舉一動，都如她那美得幾乎讓人怦然心動的容顏般引人注目。

很快，白色大理石餐桌上，便擺放上佈置精巧，熱氣騰騰的菜餚。

而菜餚邊則有一瓶紅酒作點綴。

女子望著面前成品，舌尖輕輕掃過上唇，順勢便靠著窗邊的位置坐了下來，隨即她便開始微瞇著眼，靜靜享用這簡單而美味的晚餐。

當她放下手裡刀叉，拿帕子輕輕揩嘴角時，忽然一隻烏鴉拍著翅膀飛進了窗戶，乖順地落在窗台上。

牠似乎對貿然打擾美麗的女子而感到惶恐，以至於牠那兩隻小爪子按捺不住地交換著點在窗沿上，而且當牠發出人聲後，也充滿了小心翼翼。

「呱呱，今次嘅都市傳說體驗結束，勝出參加者係子晴。」

女人將胸前長髮撥在身後，然後微微側身，對著這隻黑色的使者，溫柔地說：「今次都辛苦你。」

烏鴉彷彿理解她的話，輕輕地點了點頭，隨後飛向客廳中的一幅畫。畫中是一片神秘的森林風景，烏鴉的尖喙剛一觸碰畫布，便融入其中，很快，牠整隻鳥都消失在畫外，轉而化作畫中的一

部分，卻又看上去如此栩栩如生。

　　女人慵懶地伸了個腰，陷在了沙發，掛牆上的液晶電視好像是有感應，啪的一下，亮了起來。而螢幕上則跳出即將播放的電視劇預告——《女神煉成日記》。

　　她就這麼坐在寬敞的沙發上，手指微翹，優雅地持著一杯香氣撲鼻的紅茶。

　　她的長髮如瀑布般披散在肩上，微風輕拂，輕柔地搖曳著。

　　然而，與她優雅的形象形成鮮明對比的是，她的目光並不注視著窗外優美的風景，也不沉浸在邊上的經典文學作品中。相反地，她的目光緊緊地盯著電視螢幕。

　　電視螢幕上，一場情節老土、演技拙劣的八點檔正在上演。男女主角之間的感情瓜葛，錯漏百出，甚至讓人忍俊不禁。然而，這位她卻彷彿對此毫不在意，仍舊一邊啜飲著紅茶，一邊專注地注視著螢幕上的劇情發展。

　　直到廣告時間，女人這才收起了茶杯。

　　長髮搖曳間，她起身走下了樓梯，進入了一個看似普通的門後。

在這個房間裡，書架如同無窮的迷宮，延伸至天花板的高處，彷彿通向另一個維度。每一列書架都裝滿了古老的卷軸和陳舊的書籍，它們散發出一股古老的氣息，似乎記錄著無盡的歷史和神秘的秘密。

她穿行在這個看似沒有盡頭的書海中，每一步都似乎在觸摸著歷史的脈絡，隨著她室內鞋的沙沙聲，空氣中開始彌漫起一股難以言喻的壓抑感，就好像女人的到來，將把這些書籍中蘊含的恐怖力量開始喚醒。

可女人卻彷彿根本不在意似的，閒庭信步間，她來到了一個與周圍古老書架格格不入的報紙架前。

這個報紙架上掛著一系列看起來相對現代的報紙，日期標注著最近的時間。然而，與這些報紙相比，顏料似乎失去了往日的活力，字跡變得模糊，紙張泛黃。

所以只能依稀間，看清其中標題。

「屯門公路再出車禍！20 死 67 傷」、「專家：亡魂或為投胎尋找替死鬼」，封面上的標題觸目驚心，女人卻神色不改，眼神甚至流露出淡淡的懷念，隨即，她指尖微抬，輕輕撫去報紙上的浮塵。

「咁就十八年……」她用詠歎般語調感概道。

雷電在空氣中劈啪作響，岩石地面佈滿了劈痕。

G喘著氣，汗水浸濕了她的衣衫，身體因劇烈動作而微微顫抖。

突然，一雙有力的手臂從背後抱住了她，下一秒，G便被對手凌厲的過背摔技重重地摔在了地上。

她瞬間感到呼吸一窒，身體撞擊在岩石地面上，發出砸地的悶響，瞬間疼痛感如潮水般襲來。

然而，G悶聲壓抑住喉間破碎痛吟，她一聲不吭，拼命掙扎著想要起身，但身體卻似乎快已經接近極限了，再次倒在了地上。

「人類，果然永不放棄，我欣賞。」男管家優雅地踱步到她面前，嘴角掛著一絲玩味的笑容，戲謔道。

「作為獎勵，我就答你一個問題。」男管家眼帶憐憫，看G如同看一隻被折磨得奄奄一息可憐流浪貓，聲音也帶著顯而易見的憐惜。

G 沒有看他，仍靜靜躺在地，不給他一個反應。

男管家嘖嘖搖頭，像是拿眼前這個不接受施捨的流浪貓根本沒辦法，只能寵溺地說，「你好似真係唔鍾意講嘢，不過唔緊要，我鍾意講嘢。」

「你知唔知你而家喺邊？啊，你肯定唔知道，咁就等我介紹下，呢度就係你哋人類口中嘅所謂地獄。」雖然 G 不搭理他，但男管家卻如同有股癮犯起，開始自顧自地說。

「咦你又知唔知道，其實地獄只係代表唔係人類住嘅地方？你哋成日以為做壞事會落地獄，但地獄嘅概念並唔係咁。你肯定好奇自己點解會嚟咗呢度，哈哈哈，咁係因為你已經喺遊戲死咗，所有喺遊戲死咗嘅靈魂，狹義嚟講已經唔算人類，只有地獄先容得下你哋。」

G 一聽到遊戲，難得地把眼簾掀開，斜眼瞥向男管家。

男管家笑了笑，「係，你哋玩嘅遊戲，都市傳說體驗館嘅遊戲，地獄嘅居民全部都知道。」

「子晴喺邊？」G 終於開口了。

男管家輕笑一聲，「哎，終於有返興趣嘑？但我講過只答你

一個問題。」

G 嘆了口氣，「點先肯答我？」

「你打贏咗我，我再答你。」男管家向 G 微微鞠躬，右手輕觸左胸，笑容依舊。

G 淡淡地説，「唔講就算。」

話音未落，G 周圍突然響起了滋滋的電流聲，男管家瞳孔震顫，根本沒來得及反應，一束炫目的電光便朝他劈了過去，伴隨著震耳的爆鳴聲。

等煙塵散去，男管家站的位置只剩下了一堆焦炭。

G 面無表情收回了視線。她慣性地伸手到西裝外套的兜裡，然而摸了個空。過了一會兒她才想起自己身處地獄，這裡不可能有煙。她失望地嘆了口氣。

隨後，她勉強撐起身子，顯然還在感受著先前受到的重創，她搖搖晃晃走下了螺旋樓梯，離開了這個塔頂。

獨留下一堆焦炭，一陣風忽而掠過，原本毫無生氣的焦炭居然動了。

　　只見那焦炭慢慢地坐起身來，灰燼從他身上不斷掉落，他咳了咳，口裡噴出的都是濃煙。

　　濃煙繚繞中，他燒焦的肌膚以肉眼可見速度開始漸漸回復，直至他身上衣物恢復一新，他才無奈地站起了身。

　　「啊，好過分。比起十八年前嗰次，更加過分。」他噴出嘴裡最後一口煙，沙啞著嗓子喃喃道，「但除咗扮成阻止唔到佢，畀佢落去，都冇其他辦法。」

　　「畢竟，如果『王』冇咁嘅意思，佢根本唔會離開到監牢。」男管家喃喃自語，臉上閃過一絲苦笑。

　　他的身影漸漸消失在監獄入口，留下一個令人玩味的背影。

　　高塔的外圍。

　　G扶著牆向下走，每一步都像直接踩在燒紅的烙鐵上。樓梯穿過火紅色的雲層，彷彿要進入另一個世界，一個與地球上任何城市都截然不同的地方。

　　無疑，這是一個地獄般的城市，火焰吞噬著一切，燃燒著每

一寸空氣。

　　密密麻麻的建築物彼此緊貼，彷彿被火焰緊緊束縛在一起。在火光的照耀下，建築物呈現出炎炎的赤紅色，周圍彌漫著滾燙的火焰岩漿，彷彿是地獄的河流，流淌在這個詭異而可怕的城市中。

　　G 停下了腳步。儘管她已經參加過無數次遊戲，在無數詭異的都市傳說空間中戰鬥過，但眼前這一切仍然讓她感到不真實。

　　看來，那男管家並沒有欺騙她，這裡確實不像地表世界，自己很可能真的已經死了。

　　至於為甚麼死了、是否被 Diana 殺死了，在此刻似乎已經無關緊要。

　　眼下，她最想知道的是，子晴是否仍活著。

　　而最直接的方法，就是自己去找他。

　　G 越往下走，吸入的空氣也越熱，但再走下一段路，她卻又開始適應這種灼熱的空氣，就像是與生俱來的地獄居民一般。

　　隨著她的下降，她逐漸發現這個地獄城市並非完全陌生。

許多建築和事物似曾相識，卻又充滿了扭曲和變異，看起來是地表世界的粗糙模仿，帶著一種令人不安的詭異氣息。

終於她七拐八拐，踏到了地面，面前似乎是一條小巷的入口。

冷汗混雜著血水，沿著她蒼白的臉龐滑落。G 步履蹣跚地走了進去。

她環顧四周，電線、水管和各種管線糾纏在建築物之間，遮蔽了本就火紅色的天空。

小巷裡則充斥著各種怪異的生物，尖角突起、獸頭張牙，但更多的是賣春的女性生物，她們穿著暴露，媚態百出，誘惑著前來的客人。空氣中彌漫著情慾的氣味，喘息聲此起彼落。

G 無視那些賣春景象，憑著直覺徑直往前，來到了一個像市集的地方。

這裡跟現實世界的一切都很像，只是販賣者很奇特，他們賣的東西也很奇怪。

一個長著山羊角的商人攤位上擺滿了各種發光的水晶球，他大聲吹噓，「窺探人間苦難，品嘗人間絕望，我嘅水晶球，已經開放網上預購！」

　　另一個蝙蝠翅膀的女商人也絲毫不輸他嗓門，拿著一瓶瓶五顏六色的藥水，陰笑道：「只需要一滴，你嘅對象從此淪為你嘅愛的奴隸！情人節優惠，機不可失，呵呵呵……」

　　G戒備四處張望，突然一節白骨橫在了她面前。

　　「小姐，你望下呢把由地獄知名設計師操刀嘅匕首，造型前衛、功能一流，連上級天使都可以斬死！」來人沒有一身皮肉，只剩一具枯骨，他晃著那彷彿搖搖欲墜的骷髏頭跟G殷勤地推銷著。

　　G冷冷地掃了骷髏一眼，心想這傢伙的語言體系雖然奇怪，但她竟然能聽得懂。

　　就在這時，一個披著閃亮蛇鱗、頭戴時尚眼鏡的生物突然插到G面前，大聲吆喝：「唔好信佢！佢把匕首根本係假嘅，我賣嘅先係真嘢！」

　　一邊骷髏頭見狀，火氣立馬上來，怒吼一聲，手中的骨刃竟直取蛇鱗商人的咽喉。

　　蛇鱗商人也不示弱，尖牙閃著寒光，猛地向骷髏頭的骨頭咬去。

周圍的生物似乎並不覺稀奇，甚至還拍手叫好，似乎，在這個敗壞的地獄城市，暴力隨時都可能爆發，而生存在這裡的生物，甚至為不斷的衝突而感到稀疏平常，以及樂於看到兩個生物當著 G 面拼死廝殺。

骨刃砍斷鱗片，毒牙穿透骨骼，鮮血和碎骨飛濺，眼前的場面殘暴至極，G 卻眉毛也沒抬，直行直過，把他們當空氣，沒有理會。

直到在市集的盡頭，有一塊巨大的螢幕吸引了 G 的注意，她才停止了前進。

此刻，螢幕上，一個山羊頭女主播正在報道新聞，「下一輪都市傳說體驗館遊戲即將開始，我山羊小姐，會為大家全程直播。」

在這裡，這樣殘酷而玩弄人類的遊戲，竟然成為了居民們最期待的娛樂節目。

G 正專注地看著螢幕，不放過每一幀畫面。預告片段中，一張張或驚恐或絕望的面孔閃現而過，那是過去遊戲參與者的臉。G 在尋找著子晴的身影。

「唔知道今次戴安娜王，會點樣設計遊戲呢？」一旁突然有

個長相奇特的生物搭話。

那陌生的稱呼猝不及防鑽進 G 耳中，即使從未聽有人這麼喊過，可那生物口中的戴安娜王，分明就是 Diana 無疑！

G 臉上終於出現了鮮活表情，她立刻轉身抓住了那個生物，「Diana 仲未死？佢喺邊！」

G 的話音剛落，附近的生物們便齊刷刷看了過來，眼中滿是驚恐和不可置信。他們難以相信有生物膽敢直呼戴安娜王的名諱，那被 G 抓住的生物更是嚇得臉色發白，慌張推開了她，同時向周圍澄清，「我唔識佢！我從來都冇見過佢！係佢主動撩我講嘅！」

一時間，整個市集都彌漫著一股劍拔弩張的氣氛。每個生物都戒備地盯著 G，生怕被她連累。就在這時，附近一個生物突然湊近 G，深深地吸了一口氣，然後露出一副享受的表情，「嘻嘻，你好好聞……呢啲係人類嘅氣味？」

他的話立刻引起了附近其他生物的注意，剛才的恐懼和警惕頓時被拋諸腦後，取而代之的是一陣陣躁動。生物們紛紛圍了過來，眼中閃爍著貪婪的光芒，彷彿 G 是一塊誘人的唐僧肉。

G 見情況不對，指尖開始纏繞起電流，正準備出手之際，眼前一陣風和著優雅清香飄過，G 擋了擋眼，再睜開眼，只見一身

一絲不苟的燕尾服男人背對著她，擋在了她和那群生物之間。

「做咩咁快又打起上嚟，真係……」男管家似乎察覺到 G 因傷勢而搖晃的身影，轉頭對 G 歪嘴一笑，「你已經打贏咗我，我會遵守承諾，將一切都講你知。而家，唔好打交，跟我嚟。」説完，面對一眾長相詭異噁心，充滿壓迫力的生物，他視若無睹般，轉身走進了一旁的小巷，把背影留給了他們。

這個背影處處露出了破綻，可那些生物卻紛紛色變，如見鬼般，哪敢再覬覦人類，跟被凍在了原地似的，動也不敢動。

G 忍不住垂眼，思考男管家的身份，忽然有飄渺的聲音傳來。

「仲唔跟嚟？定係你想畀佢哋食落肚？」

「……」G 回頭看了一眼巨大螢幕，畫面上已經切換到了其他內容，有關子晴下落的線索頓時沒了。眼下，唯一知道事情的人似乎就只有眼前這個男管家。

G 猶豫了一下，最終還是跟了上去。

都市傳説體驗館3
URBAN HUNT

#Sin.8 屯門死亡公路

中午的陽光傾灑在繁忙的亞皆老街上，將行人專用區鋪成一片光與影交錯的舞台。

人潮如織，各式各樣的身影穿梭其間，帶著各自的匆忙與悠閒。

街道紅綠燈旁，一頭金髮的大男孩漫無目的轉悠著眼珠，在掃到行人路對面時，突然亮了起來，他甚至還因激動，用手肘捅邊上厭世臉的友人，嘴裡難掩興奮說。

「子晴你望下，對面 Sell 緊保險嗰條女，女神級。」子晴渾不在意，可架不住阿豪雙手撐自己去看，只得無奈把目光投過去。

只見那位女子身穿黑色 Formal 套裝，雖然衣著老土，卻擋不住她自身散發的氣質。

而她似乎也很有自知之明，所以舉手投足間，每遞出一份保險簡介時，臉上都會綻放出真誠而溫暖的笑容。

「點呀？係咪冇呃你呢，不如我哋過去望下？」阿豪的語氣躍躍欲試。

「咪玩啦，人哋做緊正經嘢。」子晴無奈地搖搖頭。

「咩玩呀，我認真想買保險唔得？」阿豪狡辯道。

「你最好係。」

阿豪見子晴真的沒甚興趣，只好站原地，可目光卻一直遠遠望著，欣賞著那位女保險經紀的背影。

就在這時，那個保險女 Agent 似乎注意到了他們，朝這邊走了過來。

阿豪忙整了整髮型，擺出一副自以為很有型的笑容。

「先生，請問您對我哋嘅保險……」

「有興趣！好有興趣！但我冇買過保險，不如你教下我？」阿豪不等她説完，分外熱絡得就馬上搭訕了起來。

保險女似乎習慣了被異性如此熱情對待，順勢就露出職業的微笑，打開宣傳冊開始介紹：「梗係無問題，我哋公司呢隻儲蓄保每年回報有 4.5%……」

阿豪看似聽得入神，但他眼裡心裡都是眼前這麼漂亮的 Agent，哪知道是不是真收益，他就跟被洗腦了似的點頭認可，保險女見對方落搭自然説得更投入。

可在阿豪打算進一步套近乎時，國鈞以慣常不閱讀空氣的姿態殺入：「4.5%？有冇保證？投資蝕損點算？係咪你哋賠？」

保險女一愣，趕緊解釋：「呢個要睇投資情況，不過合約有寫明，4.5% 係保證回報嚟嘅⋯⋯」

「咁你哋收幾多管理費？收幾多年？二十年要畀接近 30% 管理費？」國鈞連珠炮發的發問，保險女顯得有些招架不住。

阿豪見不得心愛女神被刁難，露出楚楚可憐樣，忙在一旁使眼色，想讓國鈞別再追問了，但國鈞充耳不聞。

「你知道嘛阿豪，呢類保險雖然有保證回報，但扣咗手續費管理費好多時只係剩返少少。而且，二十年之後啲錢唔知道值幾多，話唔定通脹一下就跟唔上。」國鈞滔滔不絕地分析著。

保險女臉上的微笑逐漸僵硬，她試圖反駁幾句，但國鈞卻見招拆招，一頓輸出劈哩啪啦，徹底讓負隅頑抗的保險女閉上了嘴。

最後，她只好尷尬地托辭，匆匆離開了。

「國鈞你個死仔！又壞我好事！」阿豪眼白白看著女神越走越遠，忍不住懊惱地踢了一腳邊上電線杆，「難得人哋主動埋嚟，你好嘢呀你，你講咁多嘢做咩啫，冇人想知呀！」

「唔係你頭先話想知保險咩？」國鈞皺了皺眉，滿臉正色，完全看不出自己哪裡有不對。

這會兒，饒是子晴笑點高，也忍不住了，他拍了拍國鈞，「哈哈哈哈，國鈞你冇講錯，阿豪就係想知保險，冇其他意思。」

「子晴？子晴！」

Rose 的聲音在耳邊響起，子晴回過神來，才發現自己不知不覺間又陷入了回憶。

「睇咩睇到咁入神呀又？」Rose 伸了伸脖子，循著子晴目光往遠處看，那裡只有一個正向途人推銷保險的西裝女，沒別的。

所以 Rose 忍不住打趣，「哦。原來係有人眈女眈到忘晒形。」

子晴把探頭探腦還在看的 Rose 扯了回來，無奈解釋，「你夠啦，我只係諗返起以前嘅啲好笑嘢。」

「係呀？咁講埋畀我聽，我都想笑下。」Rose 挑了挑眉，話中的諷刺意味再明顯不過。

子晴嘆了口氣，懶得解釋，反而眉眼間染上了一絲悵然若失，「其實，諗落，都冇咩特別。有時有啲無聊小事，或者，只有當時經歷過嘅人先覺得好笑。」

「算啦，你唔想講就由佢。」

Rose 一把推開子晴，頭也不回地離開，一頭紮進過馬路的人群裡。

後巷兩旁牆面斑駁，塗鴉和油漆的痕跡隨處可見，散發著旺角的頹廢氣息。

子晴望著那漸漸被巷子吞沒的窈窕身影，心中湧起一股難以言喻的情感。

他知道，最近 Rose 的情緒不太穩定，這讓他感到有些不放心。

他下意識抬腳想要追上去，可在這條又長又靜的後巷裡，Rose 突然轉過了身來。

只是她站在那佈滿塗鴉和污漬的小巷裡，那張揚龐克風的打扮此刻卻帶了幾分破碎感。

「我想了解你多啲，所以即使係你覺得無聊嘅小事，我都想知。」

子晴望著她微微垂下的眼簾，聲音也帶了絲艱澀，「但係……我有時連我自己係邊個都唔知。」

「所以你更加應該講多啲自己。」Rose 徑直走了過來，然後站定在子晴面前，她伸出手，輕輕地捧住子晴的臉，聲音帶了一絲小心翼翼，「我肯聽，亦都願意同你一齊搵答案。」

子晴看著面前努力想要靠近自己的 Rose，心裡湧動出一股溫熱，這讓他忍不住貪戀面前人帶給自己的溫柔，於是他輕輕嗯了聲。

雖然聲音很輕，很快破碎在微風中，可 Rose 卻聽到了。

Rose 立時露出了大大的笑容，難掩動情下，她踮腳把額頭抵在對方額頭上，雀躍道，「咁先係我嘅子晴。」

十分鐘後。

兩人走完了漫長深邃的後巷，穿出巷口，面前頓時豁然開朗，一座宏偉的大會堂矗立在面前。

眼前這宛如一個夢幻般的建築，自『林士站』那次的都市傳說開始，就取代了以前的舊唐樓地底，是現今遊戲開始前的集合地點。雖然陰森恐怖的舊唐樓群不見了，但一望無際的虛無背景，卻讓人感到更加怪異。

可子晴和 Rose 面色不改，因為在他們看來，這無非又是一樁 Diana 向他們展示能做到甚麼地步的 Show off。

「哎吔，你哋終於嚟喇。」兩人對視一眼，推開了大門，進入了歌劇廳後，裡頭大寶跟 Ace 已經到了，他們用眼神跟子晴和 Rose 打招呼。

「頭先喺出面見到你哋咁難離難捨，仲以為要等多陣啲。」Ace 眼神戲謔在兩人之間來回掃視，嘲諷般道。

「你把口係咪淨係識講呢啲嘢？」Rose 脾氣向來大，她劈頭就槓上嘴賤 Ace，氣洶洶罵，「我哋傾緊正經嘢，你個死狗公睇邊個都覺得有路，識個屁！」

Ace 被槓得齜牙咧嘴，但他偏愛玩命，還要拉上大寶，學著 Rose 之前的樣子，輕輕地捧住大寶的臉，「嚟，大寶，我哋都傾下正經嘢。」

Rose 看到這一幕，臉頓時漲得通紅，眼睛幾乎要冒出火來。

「林！哲！希！」Rose 怒吼「撻」出對方「全朵」，擼起袖子上來就要揍 Ace，「我今日就埋你單！」

「哎喲，我都係傾正經嘢咋喎。」Ace 笑得一臉衰，「不過呢，點解傾正經嘢都會傾到好似想咀埋咁嘅？」

「你個仆……」Rose 氣得語無倫次，恨不得跳起來，把 Ace 一張嘴撕得稀巴爛。

子晴連忙拉住 Rose 的手臂，試圖安撫她的情緒。

因為 Rose 這火爆脾氣，再讓 Ace 嘴賤，很可能會鬧得一發不可收拾。

大寶也出來穩場，他眼神警告地看了 Ace 一眼，似笑非笑道，「肯收未？使唔使我幫你？」

Ace 見大寶那皮笑肉不笑樣，心裡咯噔一下，忙收起了自己嬉皮笑臉，知錯地說：「唔使唔使，我自己收。我把衰口，真係衰……！衰！……衰。」

一邊說，Ace 還滑稽地用手輕拍自己的嘴，像是在懲罰它似的。

被攔住的 Rose 緊了緊自己硬邦邦拳頭，知道眼下動手不好收場，只能深呼了口氣，努力平復著自己的怒火。

可她心裡卻咒罵死 Ace，她心想，放長雙眼，Ace，她總有一天要縫上他的嘴！

「好啦，唔好嬲佢住，佢就係爛玩，先成日激你，你唔好中計。」子晴看著 Rose 氣鼓鼓的樣子，忍不住微微失笑，在 Rose 身邊低聲安撫。

安撫完，子晴才轉而正色問大寶。「有冇咩特別事發生？」

大寶這會兒卻朝一邊撇了撇嘴，子晴扭頭看過去。

只見陳牧師和他的信徒們浩浩蕩蕩聚集在大廳裡，行動間，他們身上的黑色長袍搖曳，神情更是無比肅穆，彷彿在出席甚麼莊嚴的儀式。

為首的陳牧師跪在舞台前，額頭貼地。

而他手下信徒們也跟著跪拜在後，面向舞台，口中念念有詞，他們的動作更是整齊而恭敬地向著舞台上的烏鴉行跪拜禮。

烏鴉似乎卻並不把這些人放眼裡，面對朝拜，牠綠豆眼看也

不看，反而是扇動著翅膀飛向舞台中心。

「呱呱，歡迎各位蒞臨都市傳說體驗館，我係您嘅遊戲導賞員 Diana。」烏鴉用不太流暢的人類語言説，「喺今次主題開始之前，首先想講一啲唔太開心嘅史（事）……」

「大家可能已經知道，上個星期遊戲結束之後，有部分參加者發生咗衝突。呱——作為主辦方，我哋真誠希望營造一個友善嘅遊戲環境。所以，經過慎重考罪（慮），我哋決定調整規則：喺遊戲入面殺害其他參加者嘅行為，以後將會延伸到喺歌劇廳、會堂、外面一直到後巷入口，都一樣會受到分數懲罰！」

儘管烏鴉有些字説得不太準確，但在場的人一聽，都大概知道烏鴉説的是凌志剛和陸金他們。畢竟他們上個星期打架的動靜這麼大，沒有人會不知道。

「到而家佢哋都冇個蒲頭，唔通上星期打 Q 死晒？」有人低聲交頭接耳。

「梗係唔係啦。嗰個凌志剛，噚晚仲見佢上大台採訪，佢個樣得戚到，而家成個香港都幫佢打緊工啦，仲嚟遊戲托咩。」其他人難掩嫉妒的説。

「咁其他人呢？咪有個懶係巴閉嘅女歌手嘅？畀佢殺咗咩？」

「呢個我點知，你真係想知，不如自己去問佢啦？」

「……」

「呱呱，如果大家冇異議，咁跟住落嚟，就等我介紹，今次將會體驗嘅都市傳說主題——！」言畢，烏鴉拍打著翅膀把舞台讓了出來，因為開始入正題了。

舞台上的布幕影像也隨之開始快速跳轉，最後停在了一個地方的剪影。

從那熟悉的山形和海岸線，不難猜出這是香港的某個角落。

遊戲主題久違地回到了本地都市傳說，在場大部人都沒甚麼感覺，可子晴卻滿眼若有所思。

「主席，我想發言……應該唔係我記錯，呢個咪就係……」Ace 擰起了眉頭，有點不知道該怎樣去形容，語言系統也有些紊亂了。

Rose 本還在為 Ace 剛才的戲言而生悶氣，但看到子晴凝重的表情，不由得也擔心起來。

尤其是子晴接下來那輕飄飄一句更是讓她心提到了嗓子眼，

只聽子晴儘量輕鬆著語氣說——

「我當初就係死喺呢個遊戲裡面。」

子晴雖然恢復記憶已經好一段時間，言語間，對這段記憶也沒有剛開始想起時那般恐懼。

十八年前，子晴和雙親、姊姊一起去了都市傳說體驗館。時隔多年，當時的情景已經模糊不清，究竟為何去了那裡，子晴也記不太清楚了。只是，那次遊戲，卻成了子晴和雙親的最後一次的 Family day。子晴和雙親都死在了遊戲裡。

後來的事情，大家都有所耳聞。G，也就是子晴的姊姊，便用自己的分數，將子晴復活，同時也抹去了他的記憶。多年來，他一直以為自己的雙親死於普通意外。

「就係你細個同 G 玩過嘅遊戲？」Rose 顯然也不敢置信，雖然她知道子晴曾經在遊戲中死過一次，但沒想到都市傳說體驗館居然如此擺弄人，事隔多年竟然再重用這個主題！

也許單純地，Diana 用盡了都市傳說題材，於是重複再用，還是說，她有心想子晴再感受一次當時的絕望，僅僅為了一時的興致，滿足她那一貫的惡趣味取樂。

眾人心裡都有同樣問題，只是大家也同樣沒有答案。

「Diana 咁樣，肯定係有心。」Ace 卻這會兒沒了開玩笑的心，眼神沉沉，眉頭緊鎖，用帶恨語氣說，「目的就係要你痛苦。」

「可能啦。」子晴聳聳肩，似並不把這玩弄人心把戲放心裡，表情淡然地推測對方險惡用心，「或者佢覺得咁樣可以打沉我。」

「打沉你？哼，佢太天真。」Rose 冷哼一聲，剛才對 Ace 的氣惱轉化為對 Diana 的不滿，「而家嘅子晴已經唔係當初嘅子晴，無論發生咩事，都有我哋，子晴就唔會有事。」

像是安慰子晴，又像是說給自己聽，Rose 忍不住握緊了膝上的手，因為她真的無法接受子晴會再次死去。

「冇錯。」Ace 也上前拍了拍子晴的肩膀，「你唔使怕。佢呢招已經唔係第一次用。」

Ace 也想起 Diana 也曾用過她女友 Judy 死去的都市傳說來嘔心他，搭在椅柄上的手也難掩情緒之壞，猛地攥緊，露出猙獰的青筋。

「……就因為咁，呱，大家開始流傳，屯門公路之所以咁多意外，係冤魂搵路過嘅人做替死鬼！今次主題嘅過關條件，率先

搵出冤魂，而且將佢消滅！分數獎勵，七千分！」

話音方落，台上突然出現了一個詭異的漩渦，在舞台的燈光照射下，漩渦似乎有生命一般，緩緩地旋轉著。

陳牧師和他的信徒們卻毫不猶豫，帶頭就穿過這都市傳說世界的入口，很快他們的身影在漩渦中消失，彷彿被吞噬一般，只留下了一片死寂的景象。

「我冇事，大家都入去啦。」子晴若有似無收回望向台上烏鴉的目光，彷彿根本不懂 Diana 的惡意，頭也不回紮進了漩渦中。

在連綿的山之間，眼前的公路依山而建，如脊樑一般，蜿蜒曲折。

公路上，有幾架雙層巴士，如疾馳的幽靈般在屯門公路上穿行。

巴士內，則擠滿了穿著各色異服的人，奇怪的是，明明窗外海景心曠神怡，他們卻無暇欣賞，反倒神情難掩緊張。

唯獨最後一架巴士，上層最後一排靠窗座位的子晴，那厭世

的臉上掛著習以為常的漫不經心。

不，其實他眼底還有絲顧慮，以至於他忍不住用手撐著下巴，喃喃自語般歎息了口氣，「人數多咗……」

所以，這一次不像十八年前只有一架巴士，這是否也意味著，這一次，會跟那次不一樣……

巴士就這麼一路上相安無事，然而在即將要駛過的近汀九轉彎路段，子晴倏然抓緊了身上的安全帶。

因為他記得，這個路段是屯門公路事故最多的黑點，也是冤魂傳聞傳得最凶的地點。

十八年前，他跟姊姊也是從這裡開始，親眼目睹巴士開始失控。

果不其然，巴士在轉彎路段，開始左搖右擺，發出刺耳的摩擦聲，輪胎在路面上發出尖銳的呼嘯。

「請各位乘客緊握扶手！」巴士這時傳出廣播。

「乘客」們卻根本反應不及，被這突如其來的動盪驚得目瞪口呆，因為巴士完全失控了！

　　沿著險峻的山路，巴士猶如失控的野獸，撞開防撞欄，直直地飛下山坡！

　　現實與回憶在此刻重疊，子晴在劇烈顛簸中，怔怔地望著眼前發生一切，彷彿人跟脫殼般，再次回到過去，那個十八年前的『屯門死亡公路』——

　　巴士在山坡上翻滾著，車廂內部宛如一個巨大的洗衣機滾筒，將一切攪得天翻地覆。同樣地，一條破碎的鐵椅腳向子晴飛來。

　　他瞳孔猛縮，人卻僵在原處，眼裡只有那飛旋而來、狠狠飛插向他的椅腳。

　　「子晴！」一把少女聲在他耳邊嘶聲尖叫！

　　然後一切感官都在那一刻消失，獨獨只剩下觸感……有人抱住了他，那麼的用力，好像要拚命把他從地獄口搶回來！

　　可是太遲了，那根飛來的尖銳鐵枝，根本躲不開，所以當被貫穿、鮮血噴出的瞬間，他的感官也在那樣的疼痛系數全恢復了。

　　子晴遲鈍地轉了轉眼珠，在鮮血慢慢流逝溫度，他眼前漸漸發黑，徹底倒下前一秒，終於看清了抱住他，和他一起被雙雙貫穿的人——

啊，是最疼他的姊姊⋯⋯

「有嘢飛緊埋嚟！」這一聲把還未從記憶中回籠的子晴震回了神，他眼神沉沉，看向再一次飛旋而來的鐵枝，在它穿破衣服，堪堪要刺破他的肌膚時，徒手一把抓住了那根鐵枝。

鮮血從指縫溢出，可子晴卻渾不在意，反而是抬起手，瞇眼觀察起手裡的鐵枝與十八年前那根到底有沒有不一樣。

數分鐘過去，巴士在失控翻滾下山坡後終於停在了柔軟的沙灘上，車身像被擰皺的毛巾般扭曲變形，沙塵和濃煙四散在海風中。

殘骸中，子晴和其他參加者陸陸續續艱難地從其中爬了出來，彼此對視間，眼中充滿了生存下來的感慨。

他們身上的傷口雖然不多，但每一處都幾乎跟死亡擦身而過，提醒著他們此刻身處恐怖遊戲之中。

更何況，周圍的環境陰森弔詭，沙灘中更是彌漫著濃重的死寂。

「子晴，你都喺呢架車度？」

熟悉的聲音從身後響起，子晴捂著手上的傷轉身，在看到滿身沙也掩不住風格的女孩時，眼底一鬆。

原來 Rose 也在同一架巴士上，可能在下層所以他才未能第一時間看到她。

「你有冇事？冇事我哋去搵 Ace 佢哋。」子晴把受傷的手藏在身後，平靜地説。

衝下山坡不只他們這架巴士，其他巴士也是，所以子晴打算靠著濃煙找出其他巴士殘骸地點。

然而兩人方準備動身，附近突然一聲尖叫，把眾人注意力全吸引過去。

眾人紛紛轉頭，只見一個女生渾身是血，手中舉著一塊染血大石，正癡癡地望著躺在沙上、頭部被重創的屍體。

「小心！佢鬼上身！冤魂搵替死鬼！」有人看出其中蹊蹺，大喊提示。

其他人見狀，立刻眼底有了殺意，頓時沙灘上充斥著血肉劃破和令人毛骨悚然的嘶吼聲，還有幾道詭異的光芒劃過，陷入一片混亂。

畢竟這是都市傳說體驗館的遊戲,為了自保搶分數,殺死一個被冤魂上身的人,他們毫不會手軟。

子晴卻站不遠處,眼神放空,他在努力回想,十八年前有發生過這種事嗎?

對了,那次他早就死在巴士裡,一個死人自然不會知道遊戲的後續。

可子晴總覺得有甚麼不對的地方,他那被鮮血染紅的手忍不住按住胸,因為他思緒混亂下,突然感覺胸腔悶悶的,壓得他喘不過氣。

沙灘上,眾人一輪瘋狂的攻擊下,「噗」的一聲,被上身的女生很快體無完膚,應聲倒在了沙上,雙眼圓瞪呈死不瞑目狀,徹底沒了生息。

「佢死咗未?」有人仍心有餘悸問。

有個膽大的人上前確認她的心跳,確定她已經死了,可是他皺起了眉,Diana還沒有宣布體驗結束,這意味著殺死這個女生根本是白費力氣。

有沉不住氣的忍不住一腳踩在了女生頭上,罵道,「頂,即

係隻冤魂仲喺度，仲會有人上身？」

這一事實一說出來，如同一陣冰冷的風迅速襲來，凝固了在場每個人的心。被冤魂上身，失去理智、失去控制，最終被眾人圍攻慘死的可怕景象，在他們腦海中不斷重演。眼前女生的慘狀，支離破碎的身體，就是最真實的寫照。沒有人想步她的後塵。

死寂像潮水般彌漫在周圍，壓抑得連呼吸都成了奢求。

就在這片死寂中，一個男生突然發出一聲低啞的嗚咽，隨即倒在了沙上，他手捂著被切開的脖頸。

眾人定睛一看，只見一個中年參加者手持著從巴士殘骸中找到的尖刀，陰森森地笑著。這場冤魂尋替死鬼的遊戲，似乎剛剛展開了下一輪。

「佢又上咗其他人身！」有人大喊道。

顯然，新的一輪廝殺再次開始。

相比較其他人眼裡驚懼，子晴就好像局外人般失神看著眼前發生的一切。

因為太奇怪了，他明明應該是第一次經歷的，但他卻有強烈

的既視感，他捂著發痛的胸口，直覺這種事不是第一次發生。

他蹲了下來，抱住了頭。

因為他想不通，他明明早死在車上了……可是為甚麼，為甚麼那樣的熟悉感，會如此的強烈！

「子晴……」Rose 一直分神有留意子晴，這時她突然發現子晴痛苦得抓著頭髮，那張臉更是開始發青，彷彿是快想起甚麼極可怕的事情，讓 Rose 的心都提到嗓子眼。

她忙搭住子晴的肩。

「走……我哋快啲走……唔好留喺度！」

才搭上，子晴猛地抬眼看向她，不等 Rose 反應，子晴已經捉上了 Rose 的手，快速拉她一起離開人群，彷彿再停留，就會有更讓人難以承受的事情發生。

然而才走了幾步，子晴卻倏然停了下來，那握住 Rose 的手也跟著一鬆。

琴袋掉在沙上的聲音，從後方傳來。

　　子晴顫巍巍抖了抖肩，像是難以接受，但不得不承認，那放在身側的手無力虛握了幾下。

　　「仲係遲咗一步？」

　　「死啦去！」身後的龐克女孩聲音變得尖銳而淒厲，她曾經古靈精怪的面容如今卻被一層陰沉籠罩。詭異的笑聲在空氣中迴響，她揮舞著手中的刀迅速襲向子晴，後者勉力躲開。

　　冤魂已經附身在 Rose 身上，子晴雖然神色掙扎，卻迅速下定決心，先制服住 Rose。

　　然而，就在這時，其他參加者看到 Rose 的詭異狀態，都懂了冤魂所在，注意力從正蹂躪的屍體上轉移，準備動手。

　　「唔好傷害佢！隻冤魂真身唔喺度！你殺佢都冇用！」有人先動手轉著蝴蝶刀刺向了 Rose，子晴忙將刀攔下，人則如一堵牆，擋在 Rose 面前保護她。

　　「佢係你條女！你唔想佢死梗係咁講！」大家都怕是下一個被上身的人，只想盡快消滅冤魂，根本聽不進去，繼續向 Rose 逼近，勢要弄死後者。

　　「我只係講一次，邊個行近一步，我就殺邊個！」子晴身上

的刺青開始蜿蜒爬遍他大半肌膚，那駭人刺青所過之處，散發著令人不安的氣息，使他的面色也變得恐怖起來。

人群對子晴的話紛紛心有忌憚，於是不敢貿然上前。

可異變突生！

盡力阻止一眾參加者的子晴突然悶哼一聲，嘔出了一口血。

不光是子晴不敢置信，眾人也一臉驚色看向被子晴護在身後的女孩微笑，把那插向子晴腰部的刀子唰的拔了出來。

「我都話佢就係冤魂！」人群被這一幕給刺激到了，彷彿再不消滅冤魂，就會死更多人，於是紛紛猙獰著臉，要合力去弄死這個女孩。

此時此刻，風吹動子晴的髮，他的腹部還在滴著血，他的臉更是蒼白如紙。

面對一窩蜂湧上來的人，他一隻手抵擋著下下致命的攻擊，另一隻則桎梏著身後不安定、隨時給他再來一刀的 Rose。

他就在無數人的包圍中，穿梭在殺紅的眼之間，踏過的沙，都留下深紅的血液印記。

　　然而，隨著時間的推移，他的血流得越來越多，周圍的參加者殺紅了眼，出手更是無顧忌，如同把子晴都當成了冤魂，試圖將他置於死地。

　　子晴開始體力透支，不慎讓身後 Rose 又拿利器劃拉到他身上幾下，他又吐了幾口血，人也有幾分搖搖欲墜，眉頭更是緊鎖。

　　他知道自己被逼到了絕處。

　　所以他一手把身後的 Rose 推開老遠，等再看清眼前，眾人卻發現子晴的身影消失了。

　　接著，一聲此起彼伏驚呼響起，幾個參加者被再次出現的子晴出其不意打倒在沙上。子晴眼神中閃過一絲猶豫，他本可以直接殺死他們，卻選擇收手。

　　然而，這一下，卻暴露了他的致命缺憾。

　　露出疲態的子晴讓方才被鎮住的人群皆嘴角輕扯，他們恍然大悟，原來子晴先前的殺人威脅不過是靠嚇，他根本下不了狠手殺人。

　　「唔使理佢，我哋上！」

話落，大家瞬間一擁而上。

子晴靜靜躺在沙上，身下是一灘血跡，他徒勞又無力得如同砧板上的魚肉。

因為遊戲內不能殺害其他參加者，所以眾人見徹底制服住子晴後，便紛紛注意力轉向身後的 Rose。「殺咗個冤魂！」

其他人圍住了 Rose，暴戾的殺意在空氣中瀰漫，如同喪失理智的野獸⋯⋯

躺在沙上的子晴瞳孔裡倒映著眼前的一幕，卻又顯得極為空洞無力，好似陷入了回憶中，又好似真的死去⋯⋯

嗚嗚海風聲，似乎有人在歎息——

為甚麼⋯⋯一切都這驚人般相似⋯⋯

都市傳説體驗館3
URBAN HUNT

#Sin.9 生存之惡

六個月前。晚上。天台鐵皮屋外。

一個高個子的女性站在那裡，她的短髮隨風輕擺，她站在天台邊，似乎在等待著甚麼，或者在思考著甚麼。

夜風拂過，吹動著她的西裝外套，她輕輕地吸了口煙，吐出一團團白色的煙霧。

「話晒十八年後見返子晴，做咩仲咁嘅樣？」手裡捧著花盆的男人站在 G 身邊，輕笑問。

「聽講你借咗分數畀佢同佢朋友，唔該喝。」G 轉過臉，煙霧從她口裡溢出，飄散在兩人之間，她的笑容在煙霧中卻格外純粹。

「小事，知你唔方便出面。」大寶撥弄了下手裡花盆，語氣無所謂道。

「我都明你心情嘅，時隔十八年，子晴竟然又入嚟嘅都市傳説體驗館，件事好難搞。」大寶那憨厚的面容也難得露出棘手的神情。

煙霧從鼻腔嫋嫋飄出，G 隨著煙霧，看向天上那輪月亮，聲音顯得空靈又渺遠，「所以我哋要快啲殺死 Diana。」

「問你件事得唔得，Ｇ？點解當初復活子晴，要消除埋佢記憶？」大寶雖看似隨口問，但眼神卻牢牢盯著Ｇ，似要分辨她的真正用意。

「我覺得有啲做多咗。」大寶續說。

「人唔背負罪惡，就冇辦法生存。」Ｇ把煙頭按在天台矮牆上，直到火星熄滅。

「你咁講，我同你都係大惡人。」大寶攢緊了手裡的盆栽，無奈苦笑道。

「但背負嘅係子晴，生存嘅係我。」Ｇ卻突然抬眸，定定看著大寶，終於說出了藏於心底那個秘密。

「即係點？」

「嗰場遊戲，子晴殺死晒所有人。」Ｇ聳了聳肩，看似隨意的口吻，卻眼底掩蓋不出濃郁的悲傷。

「所以因為咁，你唔想佢記返起。」

Ｇ點點頭，「重新開始，對佢或者係最好。」她知道的，子晴一直都很好，而這樣的真相，他不該去背負，所以她一意孤

行……

「但，咁樣真係好？」大寶大概知道子晴的為人，他還是忍不住懷疑這對子晴而言，是否真的算最好的解決方式。

G 沒有回答，只是默默地吐出了口裡最後一口煙。

煙霧飄散在眼前，在漆黑夜色裡，細長又飄渺，顯得格外蒼白無力。

「如果子晴仲係嗰個子晴，無論重新嚟幾多次，佢都會同樣咁做。」大寶沉思了會兒，突然抿嘴道。

「大寶，我哋都搵緊救贖方法。」G 卻頭也不回轉身離開，而她最後那句「即使要背負更多罪孽同痛苦」則如煙霧般，消散在夜色中。

「嘶，好痛……」

沙上昏睡不醒，身上帶著斑駁血跡的女孩慢慢睜開眼，身體的疼痛，讓她只能勉強坐直身體。

她那張臉被血模糊得看不清容貌，可一雙眼，卻十分清澈。

所以她眼珠微動，徹底看清隔著濃郁黑紅霧氣，一個血人背對著她，似乎在保護她，而他們的四周，則圍著一群人，人數遠遠超過他們。

令女孩奇怪的是儘管人數佔優勢，那群人看著血人的目光卻呈驚恐狀，彷彿他們包圍他不是為了攻擊，而是為了自保。

女孩費力眨了幾下眼，腦海昏昏沉沉的，壓根不知道到底發生了甚麼事，直到她看到前面躺著兩具上下分屍的參加者屍體，斷口處仍殘留些詭異的黑色物，才後知後覺……

是子晴保護著她？

「冤魂上身嗰條女醒喇！」參加者們似乎更害怕了，他們甚至開始往後退。

這一聲，如同破開了所有迷霧，Rose 忍不住瞪大了眼，一下子想起了所有。

她抖著身子，看向自己的手，搖著頭，不敢相信之前發生的一切，可她的淚水卻先一步混著臉上的血，流了下來，「我……我竟然傷咗子晴……」

「子晴，子晴……」Rose 神經質地叨叨著，在看到面前血人和一大群人對峙的子晴時，一下子就明白了那就是她的子晴。

可是子晴此刻彷彿剛從血池中撈出來一般，連皮膚上的刺青都被血掩蓋。

尤其是那被血色模糊的眼，也彷彿失了焦距，Rose 見狀，心慌得厲害，她登時也顧不得那血跡會弄髒自己，她奮力伸手要去抱子晴。

可是子晴卻動了，他還往前面走了幾步。

此時此刻，Rose 眼中的子晴就像變了個人似的，喃喃：「原來第一次喺遊戲度，Diana 已經講過終結遊戲嘅唯一方法。」

他那血色染紅的眼環顧四周一圈，嘴唇輕輕蠕動說出了那個方法——

「就係殺死晒所有其他參加者啊……」

「子晴唔好啊！」Rose 雖然也恨他們把子晴弄得陷入了癲狂，可她更痛心現在子晴，所以她才忍不住出聲去阻止。

可是太晚了，因為子晴出手動作太快了。

等大家看清的時候，一個參加者已經倒下了。

他的身體被數十條黑色的絲線切割成了無數碎塊，鮮血和內臟散開一地後，那些黑線仍在不斷蠕動。

「走呀！」有人驚恐尖叫。

可就在這時，一個聲音突然響起：「諸位，不必驚慌！」

眾人轉身，只見一身古板牧師黑袍的老男人帶著一群隨從出現在他們面前。

「我早就提醒過各位，呢個子晴不可信任！」陳牧師的臉上掛著虛偽的微笑，他打著正義旗幟大聲喊，「頭先佢揚言要殺死晒我哋所有人，你哋係咪都聽得一清二楚？」

「不過大家無需懼怕，我係嚟幫大家嘅！等我哋合力除去呢個禍害！」陳牧師見人群驚慌的六神無主樣，他順勢就用那輕易哄騙人心的聲線煽惑道。

「好，殺咗佢！」

其實陳牧師之前在子晴手裡吃虧過，可他笑得很自信，因為他能感覺到體內蓬勃的力量，他心想，使者大人果然沒騙他，這

新賜給他的壓倒性力量，以前根本無法比擬。

想到這，犧牲那社工姑娘的一條命，似乎也不是甚麼痛苦之事！

說著，陳牧師揮手，身後的聖館教會信徒們紛紛圍向子晴，而其他參加者們也加入了，場面頓時又變得混亂起來……

山坡的另一邊。

都市傳說的參加者們紛紛從巴士殘骸中走出，似乎一切恢復了平靜。

但在這邊，一種詭異的氣氛籠罩著整個山谷。

因為沒有冤魂，沒有會被附身的恐怖，甚麼危險都沒有，反倒更令人不安。

突然間，有個人呼喊著跑了過來，他的眼神中充滿了驚恐和絕望。

「大鑊！大鑊！另一邊巴士殘骸出咗大事，嗰個子晴已經傻

咗，殺咗幾個人！」他的聲音在山谷中迴盪，打破了詭異的寂靜。

大寶聽到這個消息，臉上浮現出一抹詭異的笑容。他慢慢站起來，眼中閃爍著異樣的光芒，像是知曉了甚麼。

「夠鐘，收工。」他的聲音低沉而神秘。

「已經唔需要留喺子晴身邊，因為，跟住落嚟嘅劇情將會變得更加詭異。」他的話似乎是對著手裡的花盆說，充滿了一種無法言喻的預兆。

說完，他徑直走進了叢林之中，身影在茂密的樹叢間漸行漸遠，留下一片令人毛骨悚然的靜默⋯⋯

都市傳說體驗館 3

#Sin.10 災厄的開始

陽光明媚的洛杉磯市 Santa Monica 海灘上人山人海，各種膚色的遊客穿梭在沙灘和步行街上，哪怕是明亮到刺眼的陽光也無法阻擋大家對海邊玩耍的激情和熱愛，一路都是歡樂笑聲，偶爾還有幾個被拍飛的沙灘球。

「Hey，James，過來打球！」一個穿著花襯衫的亞裔青年朝不遠處正在自拍的身影揮了揮手，笑著舉起手裡還冒著涼氣的瓶裝啤酒，神采飛揚的大喊，「If you win，我請你喝啤酒！」

「好啊，I won't let you win that easily！」正在上載自拍到 Story 的 James 抬起頭笑著應道，拍了拍身上的沙子，起身時順手撿起了腳邊的排球，大步朝著青年走去。

沙灘上其樂融融，沒人注意到遠處原本水天一色的海平線忽然泛白，並快速朝著岸邊湧來。

「等等，伙計們，你們看，What is that thing？」

碼頭上正在收網的當地漁夫注意到了海面上的異樣，連手裡原本可以滿載而歸的漁網也顧不上了，匆忙從背包中翻出望遠鏡，朝著那條白線看去。

隨著白線的快速接近，天色漸暗，候鳥驚飛。

　　岸上的人們也發現了不對勁，紛紛停下了手裡的動作，疑惑的議論紛紛。

　　「那是甚麼，看起來很 Weird。」
　　「奇怪，天空是不是暗了一點？」
　　「天啊，它至少有幾百米高，像是一堵牆！」
　　「甚麼牆！那是大海嘯！Run！」

　　「白線」飛速朝著岸邊逼近，漸暗的天空忽然變成了令人喘不過氣的猩紅色，候鳥盤旋飛舞淒厲高鳴，人們終於後知後覺的發現了不對勁，隨著第一聲驚慌失措的尖叫響起，他們甚麼都顧不上了，爭先恐後的朝著市中心逃去。

　　但有些年輕氣盛的小伙子，天不怕地不怕，即便異象橫生，他們也依然繼續著手上的娛樂，泡在海水裡滿不在乎道。

　　「他們真是大驚小怪，不就是一道大浪嘛。」

　　「真沒種，之前我跟著教練學衝浪的時候，比這更高的浪我都爬過。」

　　一個趴在衝浪板上的青年得意洋洋的站起身：「讓我露一手給你們看！」

但當他轉過身去，直面比世貿中心還要高的滔天巨浪——

他根本沒有機會尖叫和逃跑。

巨浪鋪天蓋地遮天蔽日，猶如世界末日降臨，頃刻間就抹去了沙灘一切痕跡，並持續向市中心推進。

鋼筋混凝土轟然倒塌，高層建築像多米諾骨牌一樣倒下，爆炸聲響成一片，人們絕望的呼救尖叫渺小至極，輕鬆便被徹底淹沒。

轉眼間，往日繁華的洛杉磯市被海嘯夷平，數以萬計屍體漂浮在水面，殘垣斷壁在水下橫生，只餘些摩天大廈勉強露出一星半點鋼筋水泥，沾染著橫飛的血肉，宛若一片汪洋煉獄。

萬籟俱靜，一個金髮碧眼的身影忽然降落在廢墟之上。

腳邊的水面上忽然飄過一個亮晶晶的物體，Michael 毫不在意一旁漂流而過的屍體，彎腰伸手將它撈了起來。

是枚鑰匙扣，框裡放了張嬰兒的照片，笑得天真爛漫。

這對 Michael 來說並沒有用，他隨手將鑰匙扣丟回水裡，隨後抬頭認真且專注的看著猩紅色的天空，似乎在等待甚麼。

直到一聲響亮的號角聲忽然響起，由遠及近的迴蕩在這座已經變成廢墟的城市之上。

Michael 臉上浮現一抹笑容，張開懷抱像是要擁抱這場末日，口中喃喃自語。

「Diana，你睇到嘛？你係唔會阻止到唯一神降臨……」

《都市傳說體驗館》

第三部完

萬曆二十四年，春暖花開。

大明百姓趁著清明假期，紛紛出國旅遊。據說南洋那邊的暹羅和越南最受歡迎，大家擠破了頭，生怕晚了搶不到廉價船票。

這時，位於大明南方重鎮的怡香樓，生意可是慘淡得很。往日裡熱鬧的店堂，如今空蕩蕩的，連個鬼影都沒隻。

林媽媽在大堂裡轉來轉去，愁眉不展的。她老看著大門外頭，像是在等誰。

怡香樓的頭牌花魁琴走過來，輕聲問：「林媽，你這是在等誰呢？」

林媽媽嘆了口氣，「還能等誰？當然是等客到呀。生意一日不如一日，昔日的熟客都不知跑到哪裡去了。」

琴笑嘻嘻地說，「我聽說呀，就在隔江，新開了一家舖子，叫甚麼羅湖苑，服務態度好，價錢又便宜。許多客人都被低價吸引過去了。」

聽了琴的話，林媽媽勉強反駁：「他們才開業多久？能有甚麼實力？我們怡香樓多年的口碑和經驗，豈是他們能比的？只是近來時局動盪，客人們都不敢大肆花錢罷了。」

正說著，一個衣衫簡樸的書生大搖大擺地走了進來。他左看看，右看看，滿臉得意的神情。

林媽媽瞄了他一眼，心裡嘀咕：「又是個死窮酸文人，估計連茶水錢都拿不出來。」但表面上她依舊堆起笑臉，上前招呼：「這位公子，裡面請，大家都叫我林媽，不知公子光臨本樓，有何貴幹？」

書生輕咳一聲，從懷中掏出一個脹鼓鼓的錢袋，遞到林媽媽面前，「晚生姓陳。久聞怡香樓大名，想來觀摩觀摩，奈何銀兩不夠，恐怕要讓林媽失望了。」

林媽媽瞧見那閃閃發亮的銀子，雙眼都快放出光了。她連忙接過錢袋，掂了掂，心裡樂開了花：這小子看著窮酸，沒想到還挺有錢！管他哪來那麼多銀子，反正今晚這條「大水魚」跑不了，非「劏」他一頓不可！

林媽媽立馬笑得跟朵花似的，「不知陳公子可有中意的姑娘？要是沒想好，我們琴姑娘的琴藝那可是江南一絕！不過啊，想見她可不容易。看在你一表人才的份上，我這就去幫你張羅。你先請坐，喝口茶。」

陳公子微微一笑，「那就有勞林媽了。」

　　林媽媽領著陳公子到了最上等的雅間，吩咐琴姑娘備好古琴，又讓人送上最好的美酒和山珍海味。陳公子一邊舉杯暢飲，一邊高聲說：「哈哈，怡香樓果然名不虛傳，美酒樂曲，應有盡有！」

　　原本冷清的怡香樓也頓時熱鬧了起來，不少路過的人聽到歡聲笑語、笙歌響起，也被吸引著走進了去。

　　他意氣風發，對著滿堂的人大聲說：「來來來，大家不醉無歸！今晚的酒菜，算我的！」

　　眾人一聽，個個歡呼，紛紛舉杯向陳公子敬酒。

　　「陳公子真是豪爽！」

　　「有陳兄這樣的貴客，林媽你的生意可要火上全鎮啦！」

　　「來來來，我們再乾一杯，多謝陳公子！」

　　在陳公子的帶動下，怡香樓裡熱鬧非常，酒壺一個接一個往外端，曲子一首連著一首唱，本就不大的店堂都要擠爆了，連根簽子都插不進去。

　　林媽媽見這旺氣，更是笑不攏嘴。忙揮手讓小二們多開幾壺好酒，讓客人們個個盡興。

「陳公子平日裡可是做甚麼的？」有人問。

陳公子見笑了，「在下就是個默默無聞的章回小說作者。前些日子寫了本《幽冥奇聞體驗館貳》，還真讓我賺了幾個銅板。我就想著無論如何都要來一次怡香樓！」

有一位客人忽然激動地站起身來，「陳兄！真的是陳兄嗎！在下可是你的Fans！」

陳公子一愣，「甚麼屎？」

那人解釋道：「啊，這是最近從西洋傳來的詞彙。意思即是擁躉。」

「原來這樣！」陳公子拍拍腦門。他舉杯敬那擁躉，「那在下得再接再厲，爭取讓『蕃屎』們滿意！」

眾人又是一陣起哄，酒興越濃。就這樣舉杯對飲，直到半夜時分，大家才醉醺醺地各自散去。

陳公子醒來時，雅間裡已空無一人。林媽媽進來了，先是陪笑逢迎幾句，待看他酒意已過，便將那份帳單遞了過來，「陳公子，你的帳單。」

「好……」陳公子定睛一看，那數目之大，嚇了一跳，頓時醉意全失。

「這帳單是不是寫錯了？哪一桌點了五十桶飯？」

林媽媽笑而不語，「你有所不知，那位客人乃是當今江南第一大食王，五十桶飯對他而言，不過是開胃小菜罷了。」

陳公子聞言差點噴飯，「我看他根本是搞事吧，哪有人專程來青樓吃飯的？」

陳公子視線又落到帳單上另一個驚人數字，「這上頭怎麼還寫著十噸乾草？莫非是那個大食王嚷著要打包回去咬嗎？」

「陳公子說笑了，」林媽媽忍俊不禁解釋，「那是其他客人留下的，說是要餵馬的。既然是跟著客人而來，按理說也該算在陳公子的帳上。」

陳公子眉頭緊皺，再往下看去，發現帳單最末還有一筆「財物破損費」，金額之大，竟是先前種種花銷的總和！

「林媽！這筆破損費肯定是搞錯了吧？」陳公子揉了揉隱隱作痛的太陽穴，「雖說今晚大伙喝得爛醉，但在下明察秋毫，分明看見眾位賓客均很有風度，甚麼東西也沒損壞啊？這筆帳，跟

在下斷然無關。」

林媽媽嘆了口氣，「這件事說來也真是倒楣，其實跟陳公子和你的朋友們確實無關。只不過呢，隔壁廂房今晚正巧在舉辦甚麼武林大會，他們為了選新的武林盟主，似乎各有各的主意，一時激動，就把廂房裡的桌啊椅啊都砸爛了。」

「既然是他們砸壞的東西，那理應由他們掏腰包才是。」陳公子不禁有些惱怒。

林媽媽看著陳公子愁眉不展的模樣，心中雖有不忍，卻也無計可施。她又嘆了口氣，從懷中取出一張欠條，遞到陳公子面前。

「我明白這筆帳算在你頭上，實在委屈了你。只是那群武林人士行事乖張，我們這些老百姓哪裡招惹得起。不如這樣，這張欠條你先拿著，日後你若是遇見他們，不妨當面去理論一番，看他們可肯償還你。」

陳公子聞言，臉色唰地鐵青，一拍桌子，站起身來，「你分明是欺人太甚，存心看在下好欺負！」

林媽媽見狀，也不再裝模作樣，拍了拍手。只見四周的簾子一掀，走進來十多個虎背熊腰的漢子，將陳公子圍得裡三層外三層。

　　林媽媽冷哼一聲，「我們也知道你現在已經身無分文。但有人悄悄告訴我，說你正被官府通緝懸賞呢。只要把你送到官府手裡，賞銀就唾手可得，你也不用付帳了，這豈不是一舉兩得的好事嗎？」

　　陳公子聞言，登時冷汗直冒。他暗自咒罵：「都怪我今晚喝得太醉，竟把自己的身份抖了出來。那知府大人也當真小氣，我不過戲弄他一回，這都一年了，居然還在滿城懸賞我的人頭！」

　　「陳公子，你要是不想乖乖就範，大可以試試身手，看看我們誰的肌肉更硬！」

　　陳公子只見帶頭的一個大漢二話不說脫了上衣秀肌肉，他兩塊大胸肌大得像饅頭一樣，還一顫一顫，彷彿在跟他打招呼似的。陳公子心想這哪是人啊，根本就是頭猩猩吧！

　　此時此刻，陳公子哪還顧得上賠笑哄人，看著眼前這群猩猩，心裡直打鼓。他靈機一動，扯開嗓門喊道：「哎喲，哎喲哎喲哎喲。你們可知道我這麼惹上官府，是為甚麼？」

　　只見他一臉神秘兮兮，壓低聲音道：「告訴你們，老子我可不是甚麼尋常人士，正是武林盟主口中的頭號大敵——魔教第十代掌門！」

陳公子見他們一臉呆滯，心想這些莽夫大概連魔教也沒聽過。於是他順手拿出自己小說中的設定，編造道：「你們沒聽過《血色菩薩經》嗎？那可是江湖中人聞之色變，我魔教稱霸武林的根本！我堂堂魔教教主，豈是爾等螻蟻之輩可以招惹的？」

這廂陳公子雖然表面上耍著狠，嘴上不饒人，心裡卻是惶恐不已。暗道：但願這些沒見過世面的東西，會被老子唬住，不然今天就要交代在這破店裡了。他一面說著大話，一面注意到房內有個窗戶半開著，若是那群莽夫稍有鬆懈，他或許可以突然發難，奪窗而逃。

然而，眾人聽完，先是一陣鴉雀無聲，接著便前仰後合哄堂大笑。

「哈哈哈哈，這小子編起鬼話上來臉都不紅，果然是作家的料！」

「就憑他這副娘娘腔的德行還想當魔教掌門？頂多去斟茶遞水的吧！我笑得肚都要抽筋了！」

林媽媽也不禁噗笑一聲，「陳公子，你當我們是三歲小孩嗎？這種拙劣的謊言也想騙過我們？」

為首的大漢更是眼神一凜，再次鼓足了肌肉，「臭小子，你

再胡說八道，看我不打掉你的牙！」

　　其他幾個壯漢也紛紛鼓起肌肉，虎視眈眈地盯著陳公子，隨時準備動手。

　　陳公子暗叫不妙。他本想靠三寸不爛之舌脫身，沒想到非但沒能唬到對方，反而激怒了這群不好惹的猩猩。眼看眾人就要襲來，陳公子只得硬著頭皮，擺出架勢。

　　誰知他剛一抬手，卻發現幾個大漢齊齊倒地，個個不省人事。瞬間，其餘的人都不敢再往前。

　　有人已是嚇得臉刷白，「這、這分明是魔教大魔頭的快招，難不成陳公子當真是魔教的掌門？」

　　眾人後退，陳公子卻是一臉茫然。他明明連小指都沒動過，怎會在電光火石間擊倒這麼多人？

　　就在此時，房間內煙霧驟起，一個黑服蒙面女子忽然現身在陳公子身旁。

　　「快走！」

　　話音未落，神秘女子已經抓住陳公子的手腕，帶著他飛身躍

出窗外，瞬間消失在夜色中。

煙霧漸漸散去，林媽媽和眾人面面相覷，半晌說不出話來。

「這、這到底是怎麼回事？」有人結結巴巴問。

林媽媽率先回過神來，氣得跺腳：「還能是怎麼回事？那死書生一定是串通了甚麼人，來戲弄我們的！他若是教主，我林媽媽就是九天玄女下凡！」

說著，林媽媽氣沖沖地翻起陳公子的包袱，想找出那小子留下的銀兩。可翻來覆去半天，連個銅錢都沒見到，倒是翻出一封署名「致親愛的讀者」的詭異信件……

讀者們，大家好啊！

我是陳海藍，過去一年，大家好嗎？

日子過得怎樣了？這一年間，你有沒有去完成你的 Bucket List？

　　有沒有終於鼓起勇氣，向女神攤牌了？又或者和朋友挑戰富士山，誓要在「挨支」Tag 上 # 富士山頂？但生活畢竟不可能事事如意。說不定你好不容易跟女神表白，人家卻只答應讓你入伍做兵。好不容易爬到富士山頂，卻發現風景不似預期，還附贈高山反應、脫水感冒。

　　但不管過去的一年你是歡笑多一些，還是採淚水多一些，我都希望、而且相信大家一定會變好的。再苦再累的事，將來回頭一看，你都會嘴角上揚。

　　寫這篇後記時，距離我的三十大壽只剩下兩個月左右了。（怎麼感覺寫成像只剩兩個月的命？）

　　記得小時候從九歲到十歲，最大的煩惱就是默書拿不到一百分。十九歲到二十歲，雖然有迷茫過，但那時怎麼說好呢，年輕就是任性吧，不急著去梳理，也不必去梳理。可是，一到了三十這道大關，我在二十九歲的前半段裡，整個人都非常內耗。

　　「我都三十了，還要繼續寫作嗎？」

　　那陣子我天天這樣問自己。

　　把「寫作」換成其他，三十歲左右的人的煩惱都差不多。

「我都三十了，還要繼續畫畫嗎？」

「我都三十了，還要繼續踢波嗎？」

「我都三十了，還要繼續玩音樂嗎？」

不像二十多歲時可以跌跌撞撞，想做甚麼就做甚麼。

三十歲了，應該要找到一個明確的目標。

說來也巧，最近有部日劇《9Border》，剛好在講十九歲、二十九歲、三十九歲的三姊妹，在迎來年齡大關之前的最後一年，一邊掙扎一邊前進的人間愛故事。Holy shit，這不就是現在的我嗎？雖然我跟劇中二十九歲的二姊境遇不太一樣，但她的一句話我記得特別清楚：

不是「已經」二十九歲，而是「不過是」二十九歲。

在我看來啊，這兩句話都沒錯。「已經」二十九歲，意味著你要給自己的人生選條路了。但「不過是」二十九歲，也在提醒路還長著，在這條路上還會遇到很多新鮮事和經歷，現在「不過是」開始罷了。

雖然到現在，我心裡都還沒得出答案，哈哈哈哈。不過，這段時間讓我也知道了，有些路我是絕對不想走的。這就跟考試做選擇題一樣，排除法總比較簡單，剩下的那個選項未必正確，但

至少能讓你少走些彎路。人生這道題，大概是這世上最難的了。

　　但是呢，在人生路上，當你排除了那些不想走的路，自然也就會剩下一些無法割捨的路。對我來說，寫作就是其一吧。

　　《都市傳說體驗館》的第三部，就是在這種心情下寫出來的。我算了算，從十一年前寫下「朗豪坊」故到現在，我都寫了十一年了，還是有好多需要學習和提升的地方。

　　比起第二部打「穩陣牌」，第三部我可是放開了不少。我想大家都有察覺到吧，故事節奏快了，情節展開的幅度也變大了，而且終於開始講主線。當然啦，要掌控的元素變多，對創作能力的考驗也更大。

　　寫完第三部後，我累到整個星期都在躺平。但我卻很滿足。我似乎都忘了，原來寫作是件這麼開心的事情。

　　再跟大家聊聊這個系列接下來的走向。按原本的計劃，這個系列大概會在第五部完結。當然我希望大家高抬貴手，不要裱起這句話，將來用來打臉我，不是說好第五部完結嗎，怎麼都出到第三十部了，海賊王都完結了，你的還沒寫完？寫作是件很快樂的事情，寫得開心，自然會一直想寫下去啊！

　　最後雖然是客套說話，但其實也是我的真心說話：非常感謝

大家喜歡這部作品！我對這部作品就一個目標，寫得更加好看！
沒了！如果大家還不嫌棄，出版社也還沒不耐煩的話，那我們就
約在第四部見了！

點子出版
IDEA PUBLICATION

都市傳說體驗館 3
URBAN HUNT
生存之慾

作者	陳海藍
責任編輯	陳婉婷
美術設計	陳希頤
出版	點子出版
地址	荃灣海盛路 11 號 One MidTown 13 樓 20 室
查詢	info@idea-publication.com
印刷	海洋印務有限公司
地址	黃竹坑道 40 號貴寶工業大廈 7 樓 A 室
查詢	2819 5112
發行	泛華發行代理有限公司
地址	將軍澳工業邨駿昌街 7 號 2 樓
查詢	gccd@singtaonewscorp.com
出版日期	2024 年 7 月 17 日
國際書碼	978-988-70116-7-5
定價	$98

Printed in Hong Kong

都市傳說體驗館 **3** 體驗館

URBAN HUNT

生存之處